幼なじみ 上

～first love～

白いゆき

STARTS
スターツ出版株式会社

もしも
ふたり出逢(であ)えたことが
運命ならば

どうか
この手を離さないでください

悲しくて
傷ついて
どんなに泣いても
いつもあの
ふたつ星を見てた

最初で最後の恋を
幼なじみの君に……

contents

第１章

幼なじみと同居 8

美少女は二重人格 41

すれ違う想い 80

悲しみの果てに…… 113

第２章

忘れられない過去 156

大切なモノ 196

夏、花火 213

涙のデート 240

未来を信じて…… 267

第 3 章

遠距離恋愛 284

裏切り 305

第1章

初めての恋をして
初めてのキスをして
初めての……

この心、すべてが君だった

ずっと一緒にいたい
大切な君の
そばにいたい……

その願いは
叶いますか──？

幼なじみと同居

【絢音side】

運命は、突然に狂い始める――。

あたしの名前は、鈴ヶ森絢音（すずがもりあやね）。

今日から高校１年生。部屋で新しい制服に袖（そで）を通し、鏡の前でくるりと回る。肩下まである黒髪は、きれいにブローした。

「絢音〜っ！　蒼（あお）くんが迎えに来たわよぉ〜！」

下の部屋から聞こえる、大きなママの声。

「はぁーい！　今行くーっ」

――ドダダダダッ……ドスンッ。

「イッ……たぁ……」

あわてて階段を駆け降りたら、思いきり転げ落ちた。

「朝からコケるなんて、ホントばかだな……」

うつ伏せに倒れ込んだあたしの前で、呆（あき）れて立っている男の子。

「蒼〜っ」

あたしは顔を上げ、蒼に手を伸ばした。

「ほらっ」

蒼は「相変わらずドジだな」と呆れた様子で、あたしの手をつかみ、体を起こしてくれた。

手をつかんだまま、蒼はあたしの顔をじっと見つめる。

「……何？　あたしの顔に何かついてる？」
「いや、別に。行くぞ」
蒼はパッと手を離すと、先にうちの玄関から出ていってしまった。
「ちょっと待ってよ～蒼ってばぁ！」
あたしは、足早に歩いてゆく蒼の背中を追いかけた。
水嶋(みずしま)蒼。
うちの隣の家、水嶋家のひとり息子。年が同じで、小さい頃からずっと一緒にいる。いわゆる、“幼なじみ”ってやつ。
この友達以上、恋人未満の関係は、居心地(いごこち)がよくて抜け出せない。
蒼はあたしの気持ちになんて、これっぽっちも気づいてないけど……。
願いはずっと、ひとつだけだった。
彼女になりたい。
蒼のことが好き。
小さい頃からずっと。
ずっと……蒼だけを見てきた。
隣を歩く蒼の制服姿を見て、高校生になったんだなといっそう実感する。
紺色のブレザーに、中には白いＹシャツ。
ゆるめに締めた、青のネクタイ。
グレーのズボンをルーズにはきこなしている。
髪は茶色に染(そ)め、ワックスでふわっと立たせている。

蒼は、中学の時より一段とカッコよくなっていた。

中学の制服だった学ランと、ブレザーでは、印象がだいぶ違う。

毎日見ているのに、日に日に男らしくなってゆくのがわかる。

蒼の顔を見ていたら、目が合ってしまった。

「何だよ？」

「何でもないっ」

あわてて目をそらしたけど、胸の鼓動は速くなるばかり。

「蒼さぁ、また背ぇ伸びたでしょ？」

「んー？　あぁ……そーかも」

「いいなぁ。あたし全然伸びないんだもん。また蒼との差が広がっちゃう」

あたしは背が小さいのが悩み。

「絢音は小さい頃からチビだかんな」

蒼が、あたしの頭をくしゃくしゃっとかき乱す。

「もぉ！　せっかく髪ブローして綺麗にしてきたのにっ」

「うっせぇな……早く行くぞ」

この気持ちを伝える日は、きっと来ないと思う。

この関係は、居心地がよすぎるから。

蒼の特別な女の子になりたい。

そう願っていても、幼なじみという関係が壊れるのは怖い。

「蒼ってば、待ってよぉ！」

蒼の腕に勢いよく、しがみついた。

「……重い」

「……お菓子ひかえます……ダイエットします」

　あたしは甘い物が大好き。女の子ならきっと、みんなそうだよね。

「本当か？　残念だな。駅前のクレープ屋、今日から新商品発売って……」

「行くっ！」

「おまえホントに意思弱いな」

　呆れ顔の蒼に、満面の笑みを向けた。

「あっ！　そうだ……絢音……」

　蒼は突然立ち止まり、何かを思い出したようだった。

「え？　なぁに？」

　少しの間、蒼は何かを考えながら黙り込んでいた。

「……まぁいっか。あとで言う」

「何よ～っ！　気になるじゃん」

　足早に歩いてゆく蒼の背中を、あたしは追いかけながら叩き続けて、何とか話を聞き出そうとする。

「後でって言ってんだろ。チビッ」

「チ、チビで悪かったわねっ！」

　昔から口ゲンカなんて、日常茶飯事。

　何でも言い合える、彼はあたしの幼なじみ。

「やべっ……走んねぇと遅刻だっ」

　季節は春。

　薄いピンク色をした桜の花びらが、ひらひらと舞い散る中、ポカポカと暖かな太陽の光を浴びて、あたしたちは学校へと走ってゆく。

今日から始まる高校生活。一生に一度の３年間。
この時はまだ、知りもしなかった。
あたしたち、ずっと一緒にいられるって思ってた。
“運命”なんてもの、考えたこともなかったから。
穏やかな日々は、少しずつ、崩れ始めてゆく……。

“桜ヶ丘高校”
今日からあたしたちが通う学校だ。
桜の木が立ち並ぶ高校前の道は、花びらで敷かれたピンク色のじゅうたんみたいだった。
蒼と校門をくぐると、同じ中学出身の子たちも、ちらほら見かける。そんな中、あたしの耳に入ってきた。
“あの人、ちょーイケメンじゃない？”
“ちょーカッコイイ！　誰あれ〜”
やっぱり。
他の中学から来た女の子たちが、蒼を見て周りで騒いでいる。
そして上級生たちもが、校舎の窓から蒼を指さし、盛り上がっていた。
こんなの慣れっこ。
蒼は、昔からすごくモテる。
幼稚園から今まで告白された人数は、数知れず。
いや、本当は気になって数えてたけど。
中学になると、蒼と同じクラスになった女の子は、一度は蒼のこと好きになるっていう伝説までできた。

　バレンタインのチョコレートは、段ボールひと箱じゃ収まらない。
　ほとんどあたしが食べてきたことも、女の子たちは知らないだろうけど。
　そんな蒼と幼なじみなあたし。
　隣の家に住んでるというだけで、蒼のそばにずっといることができた。
　あたしは蒼みたいに華やかな人間じゃない。ごく普通の女の子だから。
　だから余計に思い知らされる。
　蒼への想いは、きっと叶うこともなくて。伝えることもできなくて……けど、消えることもない。
　小さい頃は子供だったから。
　一緒にいれればいい。そんなふうに漠然と思って過ごしてきた。
　けれど、もしも願いが叶うなら。
　蒼の彼女になりたいです……。
　下駄箱の前に貼り出された、クラス発表の掲示板前。
　あたしと蒼は、人混みをかきわけながら、必死に自分たちの名前を探す。
「あった。絢音……俺ら同じクラスだ」
「え？　どこ？　あ。本当に腐れ縁だね」
　あぁ……バカ。
　あたしって本当に素直じゃない。
「よかったじゃん、絢音。高梨も一緒じゃんっ」

「ホントぉ？　やったぁ！　美々ちゃんまだかなぁ～？」

高梨美々ちゃんは、中学も一緒で、あたしの唯一、親友と呼べる女の子。

肩につかないくらいの茶色の髪は、パーマがかかっている。

ネイルが趣味で、オシャレ。

性格はサバサバしていて、ハッキリとものを言う子。

頼りないあたしの、姉のような存在でもある。

美々ちゃんだけが、あたしの蒼への気持ちを知っている。

「おふたりさ～ん！」

後ろから明るく声をかけてきたのは、美々ちゃんだった。

「美々ちゃ～んっ！　同じクラスだよぉ～」

「まじで！」

美々ちゃんは、あたしの腕をつかみグッと体を引き寄せ、顔を近付ける。

“よかったじゃんっ！　蒼くんと同じクラスで”

美々ちゃんは小声で、あたしに耳うちする。あたしは笑顔でうなずいた。

でも、そう喜んでいられたのも、つかの間。

「んじゃ……俺、先に行くわ」

蒼は、同じ中学だった男の子たちに見つけられて、強引に連れ去られた。

「うん、後でね」

あたしは笑顔で手を振る。

蒼は、男子たちにも人気者。

蒼は常に冷めた口調だし、いつも明るく周りに笑顔を振りまいているタイプでもない。
　人からはクールな印象を持たれる。
　だけど、昔からいつもみんなの中心にいる人だった。
「……絢音？　何ボーッとしてんの？」
　美々ちゃんがあたしの顔の前で手のひらを上下に動かす。
　あたしが見つめる視線の先。
　蒼のそばに駆け寄り、何やら話しかけている知らない女の子たち。
「美々ちゃん、すでに蒼がモテてる。嫌だぁ～」
　あの女の子たち、蒼にきっとケータイの番号聞いてる。
　何度も見てる光景でも、そのたびに泣きそうになる。
　慣れっこなんて……ただの強がり。
　そんなあたしを見かねて、美々ちゃんは、あたしの頬を左右に引っ張った。
「泣かないのっ！　蒼くんがモテてるなんて、今始まったことじゃないでしょうがっ」
「そうだけどぉ～。でもイヤぁ～！」
　あたしは美々ちゃんに思いきり抱きつく。
「いいかげん、幼なじみ卒業したら？　彼女になるの！」
「フラれたら……そばにいられなくなるもん……」
　伝えなきゃ伝わらない。叶うものも叶わない。
　でもフラれるのが……怖い。
　幼なじみって、すごく近いようで。
　すごく遠いんだよ……。
「美々ちゃん……今さら、あたしどうやって彼女になればいいの？」

あたしが聞くと、美々ちゃんは呆れたように深くため息をついた。

「そんなの決まってるじゃない。告白すんの！」

「だって……怖い」

もうずっと、生まれた頃から一緒なんだよ。

隣にいるのが、当たり前になってた。

告白して、そばにいられなくなったら？　気まずくなったら？

あたしには、蒼がすべてなの。

たとえば……蒼が太陽なら、あたしは月。

太陽の光がなければ、月は見えない。

蒼がいるから、あたしは存在する。

あたしの心に残る深い傷。

あの日、蒼がいなかったら、あたしは今、生きていない。

蒼がいなきゃ、あたしは、生きてなんていけないんだ。

「何年片想いしてきてんのよ？　一生、片想いしてるつもり？」

「一生って……美々ちゃん大げさな……」

「このままじゃ、わかんないじゃない！　幼なじみは、ただの幼なじみ！　近くにいても、彼女じゃないんだからね？」

美々ちゃんの言うとおりだと思う。

幼なじみは、ただの幼なじみで……彼女なんかじゃない。

距離は近くても、蒼の隣にいても、あたしは彼女じゃない。

小さい時とは違う感情が、少しずつあたしの中に生まれ始めていることに気づいてた。
蒼をあたしのモノだけにしたい。
だけど告白をしたら、すべてが終わる。
あたしの世界は、輝きを失う。

【蒼side】
俺は、隣の家に住む、幼なじみの絢音と共に、今日から高校生になった。
堅苦しい入学式も終わり、新しい教室へと長い廊下を歩いていく。
「こっちだよ！　蒼！　遅かったじゃん。何してたの？」
絢音が前から走ってきて、俺の腕をつかんで振り回している。
「おまえは……犬か」
そう、まるで犬だ。
飼い主の帰りを待ちわびて、じゃれる犬のよう。
「サッカー部のやつらと話してた」
「蒼って高校でもサッカーやるのっ？」
絢音は、すごく嬉しそうな顔で、俺に顔を近づける。
「もちろん……つーか、手を離せ、手を……」
「そっかぁ。あたしも嬉しいっ！　蒼、サッカーうまいもん。頑張ってねっ」
聞いちゃいねぇ……。

「手ぇ離せって……」

絢音は鼻歌を歌いながら、機嫌よさそうに、俺の腕を引っ張って廊下を歩いていく。

俺には、ずっと片想いをしている女がいる。

物心(ものごころ)がついた頃から、俺の隣には、いつも絢音がいた。

ずっと一緒にいるのが当たり前で、俺にとっては兄妹のような、家族みたいな存在になっていた。

小5の時、ある事件が起きた。

それをきっかけに、自分の気持ちに気付いたんだ。

“絢音を好きだ”

そう、女として。

でも、それからもずっと……。俺は幼なじみとしてしか、絢音に接することができなかった。

新しい教室は、木の香りがした。

俺と絢音は教室の窓から外を眺(なが)める。

「蒼……すでに人気だね」

隣で絢音がポツリとつぶやく。

「何が？」

「入学早々、女の子たちから騒がれてんじゃん」

「別に……興味ねぇけど？」

おまえ以外って言えたらなぁ……とか心の中でつぶやいてみる。

絢音が俺の気持ちに気付くことは、絶対にない。

なんせ鈍感(どんかん)だし。

何より、俺を男として見ていない。

だって、ノーブラで上下スウェットで平気でいつでも俺の部屋にやってくる。それが証拠(しょうこ)だ。

だから俺は“幼なじみ”として過ごすしかなかったんだ。

「あたし、さっきから、知らない女の子たちにいっぱい聞かれんだけど……」

絢音が不満そうに口を尖(とが)らせて言った。

「何を？」

「“朝、一緒に歩いてたけど、彼女なの？”って。ただの幼なじみですって何回言ったか。大変なんだから……モテモテの幼なじみを持つとねっ」

ほら……やっぱり。気付いてない。

「……あっそ」

何かイラつく。

「ちょっと！　蒼ってば～！　どこ行くの？」

「どこだっていいだろ」

俺は、いら立ちながら教室を出ていった。

絢音は俺のこと、ただの“幼なじみ”としか思ってないんだよな。

告ったら終わり。フラれんのわかってんだ。

アイツのそばにいられなくなったり、気まずくなったりしたら、最悪に辛(つら)い。

幼なじみってすげぇ近いようで、すげぇ遠い存在なんだよ……。

そして、これから起こる、ある状況。

俺たちは、ますます距離が近くなりすぎる。
まだ絢音は何も知らないけど。

俺は、休み時間になり、学校の屋上で寝っころがっていた。
綺麗に晴れ渡る青い空に、白い雲が浮かぶ。
春の日差しは、ぽかぽかと暖かい。
陽の光が少しまぶしくて、腕で目をおおった。
ふと疑問に思うことがある。
俺たちって……いつまで“幼なじみ”なんだ？
何か考えるだけで気が遠くなりそうな問題だ。一生？
絢音が他の男と結婚……いやいや……ムリだ。
ありえない。ぶち壊す。
「あーおっ！」
その声に、腕をずらすと、俺の顔を上からのぞき込む男。
「……ケン」
屋上にやってきたのは、同じ中学出身でサッカー部だった、俺の親友……川畑健(かわばたけん)。
ケンは体が細く、大きな耳と口、小さな鼻、サルみたいな顔をしている。黒髪で短髪だ。
「探したんだぜ？」
そう言ってケンは、俺の隣にあぐらをかいて座る。
ケンだけは、俺の絢音への気持ちを知っている。
「入学早々(そうそう)、モテてますなぁ～蒼くん？」
「気持ちわりぃなぁ……“蒼くん”とか呼ぶなっ」
「どうしたんだよ？　機嫌(きげん)悪くね？」

ケンは笑いながら、ジュースの缶を一気に飲み干した。
「絢音っちと、ケンカでもした？」
「……してねぇよ」
ケンは、俺の顔を見てニコッと笑う。
「おまえが絢音っち以外のことで、機嫌悪くなるわけねぇもん」
「うっせぇよ」
図星だから、余計に腹立つ。
「なぁ……ケン。絢音のヤツ、また可愛くなったと思わね？」
俺は、深くため息をついた。
朝、高校の制服を着た絢音を見て、ドキッとした。
「絢音っちが……？　そうかぁ？　別に中学の頃とそんな変わんねぇけど」
「いーや。可愛くなった。制服のスカートも短すぎだろーよ」
「おまえはおっさんか。今どきの女子高生はみんな、あんなもんだろ？」
他の女は、どうでもいい。でも絢音のスカートが短いのは嫌だ。
「絢音が誰かに持っていかれたら……どうしよう、俺……」
考えただけで、むかつく。そんなの耐えられない。
「大丈夫だと思うぜ？　蒼が思ってるほど、絢音っち、別に可愛くねぇし。モテないじゃん」
「はっ？　ケン、てめぇ」
「可愛くないは言いすぎだな。普通だ」
「ケン、ふざけんな」

「冗談だよ。俺と絢音っちの仲だから言っただけ」
「……はぁ」
大きくため息をついた俺は、空を見上げた。
「そんなに不安なら、告ればいいじゃんよ」
「それができたら……こんなに悩まねぇよ……」
弱いなぁ……俺。情けない。
けど俺は、本当に絢音を好きなんだよ。
俺のものにしたい。俺だけのものに……。
「……オレが思うに」
そう言ってケンは、ニコっと笑った。
「絢音っちも、蒼のこと好きだと思うけどなぁ？」
そう言ってケンは、俺の肩を優しく叩(たた)く。
「……絶対にないな。絢音は、俺のこと、ただの幼なじみとしか思ってねぇよ」
「そうかな？」
「そうなんだよ」
完全に幼なじみ以上でも、幼なじみ以下でもない。
幼なじみとしか思ってない。
「それにこれから、もっと距離が近くなる。余計に言えなくなんだよ」
「あっ！　今日から蒼って……」
「……そーだよ」
俺とケンは、顔を見合わせた。
「頑張れよっ！　蒼っ」
そう……俺は今日から──。

【絢音side】

入学式初日も無事に終わり、下校時刻になった。

「蒼ーっ！　帰ろー？」

あたしは、蒼のところに駆け寄る。

「おぉ」

美々ちゃんとは家の方角が反対方向。

だからあたしは蒼と帰るのが、小さい頃からの日課。

「ねぇ？　朝、言いかけた話って何だったの？」

「ん？　あぁ……まぁもうすぐわかるよ」

蒼は含み笑いをして、足早に教室を出ていく。

「えぇ〜!?　教えてよぉ！」

あたしはあわてて蒼の後を追いかけた。

小さい頃からずっとそうだった。

横を見れば、蒼がいる。

ずっと隣にいたい……そう思うのはわがままなのかな。

ねぇ……蒼。

あたしたち、離ればなれになるなんてこと、ないよね？

あたしね、この時、何か嫌な予感がしたんだ。

そしてあたしは、驚愕(きょうがく)の事実を目(ま)の当たりにすることになった。

あたしたちが家の前に着くと、朝とはまったく違う光景が目に入ってきた。

鈴ヶ森家と水嶋家は隣同士。ありえないことが起きている。

「えっ？　あれ……？」

今朝までそこに建っていたはずの、一軒家がない。

——ガッシャン……ウィーン……！

重機（じゅうき）が蒼の家を取り壊している。

「な、な、何で!?　嘘（うそ）でしょ……！」

「親父の仕事の都合で、母ちゃんも一緒について行った。今日から家、取り壊しだってさ」

「えっ!?　お、おじさんとおばさん、ど、どこへ？」

頭が真っ白というより、パニックだ。

「アメリカ」

アメリカって……!?

「と、遠すぎるっ！」

「そうだな」

蒼はいたって冷静な様子。

うそ……じゃぁ蒼もすぐにアメリカへ行っちゃうの!?

「何でぇ？　何でよぉ。そんな大事なこと……もっと早く言ってくれなきゃ……」

蒼が遠くへ行っちゃうなんて、考えたこともなかった。

自然と涙があふれ出てくる。

「……絢音？　泣くなよ。そんなにうちの親父たちのこと好きだったのか……」

「おじさんもおばさんも大好きだよ？　だけど……」

蒼のことは……もっと好き。

「アメリカなんて遠すぎるよぉ～！」

「まぁな……急に決まったから……」

「本当に急すぎる……バカバカバカぁぁぁ——っ」

あたしは、蒼の胸を叩いた。

「絢音、痛いって……」

アメリカに行っちゃう前に……蒼にあたしの本当の気持ち。

気持ち伝えなきゃ……！

ずっと言えなかった。

蒼が好きだってこと、言わなきゃ……！

「蒼〜っ……」

嫌だよぉ……離れるなんて……。

「絢音……ごめん。内緒にしてて……」

――ドキッ。

蒼が、そっとあたしを抱き締める。

今なら……言えるかも。

あたしの気持ち……蒼が好きって。

大好きだって……。

「ねぇ……蒼」

「ん？」

「あのね……」

「うん……」

言わなきゃ今。だって……だって……。

「アメリカって遠すぎるわっ！」

「おまえ……しつこいぞ？」

違う。言いたいことは、“好きだよ……だから、付き合ってください”って。

勇気を出せ、あたし。

「絢音……？」
　言えない……好きって。
　たった２文字なのに。
　どうして言えないの……？
「絢音……もう泣くなよ。親父たちと一生会えないわけじゃないし……」
「でも、家を壊してるってことは、もうここには帰ってこないんでしょ？」
「まぁ……最低５年は、アメリカにいるって言ってたかな」
　５年も……？　そんな……嫌だよぉ。
「蒼は……？　蒼はいつアメリカに？」
「はっ!?　俺は行かねぇけど？」
　えっ……!?　行かない？　そうなの？
　よかった。
「アメリカ行くなら、今日一緒に入学式なんか行かないだろ？」
「そっかぁ……そうだよね。よかったぁ」
　先急いで、好きって言わなくてよかった。
「どこで……ひとり暮らしするの？」
「朝、言いかけたんだけど……絢音をびっくりさせようと思ってさ。みんなに口止めしておいたんだ」
　蒼が、あたしの頬の涙を親指でそっとぬぐう。
「あら、おかえりなさい。絢音、蒼くん」
　ママが、玄関から出てきた。
「ただいま。おばちゃん」

ママに、ニコッと笑う蒼。

「絢音ったら、そんなに嬉しいのね。泣いちゃって……まぁ」

ママ……？

「そうみたいっすよ、おばちゃん。今日からよろしくお願いします」

「蒼くんたら水臭いじゃない。小さい頃から一緒にいるから、私たちにとっては、家族同然よ。自由に使ってね？さっき蒼くんの荷物、部屋に運んでおいたわよ」

「あざっす！　お世話になりまぁ〜す！」

は、はいっ!?

「絢音？　何してるのぉ？　早く家に入りなさいっ」

完全に思考回路……停止。

「ママ……どぉいうこと……？」

「蒼くんから、聞いたでしょ？　高校３年間は、うちで蒼くん面倒みるからねっ」

なんだか、ママは楽しそう。

「てか、高校３年間!?　部屋は!?」

「絢音の隣の部屋、空いてるじゃない……」

ななな、なーんで!?　同居ってこと!?

「無理っ！　絶対に無理っ！」

「何言ってんのよ〜。水ちゃん夫婦から頼まれてるんだから！」

たしかに、うちと蒼ん家は家族ぐるみで仲良しですが……。

「ママっ！　あたしは年頃の娘なのよっ!?」

「ウフフッ」

　ウフフッって……ママ。それ娘を持つ親として、どうなんですか？

「今さら何言ってんのよ、小さい頃からずっと一緒にいるのに……」

　嘘でしょっ！

　誰か……嘘って言って。

　へ、ヘルプ……ミー！

「絢音も、早く家に入りなさいよー？」

「だって……」

　ひとつ屋根の下で蒼と暮らすなんて。

　考えただけで頭おかしくなる……！

　あたしの心臓どうにかなっちゃうよ……。

「ってことで、今日からよろしくなっ！」

　蒼は、玄関のドアから顔を出して、してやったりといった顔をしていた。

「バカッ！　最低っ！　変態っ」

「そこまで言わなくてもよくね？」

「うっさい！　蒼のおかちめんこ！」

「おかちって……おまえ、もうちょっと気の利いた悪口言えねぇのかよ？」

「まじ、うっさい！」

「そんな怒ることねぇだろ」

　あたしを驚かせようと、ずっと黙ってたのね。

　ムカつくような……嬉しいような……。

　複雑。

こうして、隣に住んでいたはずの幼なじみと、今日から一緒に暮らすことになり。

甘い生活が始まるのかな……なんて思ってたけど、

あたしたちの関係は、少しずつ壊れていく──。

【蒼side】

うちの家　庭事情で、俺は今日から、絢音の家で暮らすことになった。

それにしても……絢音のヤツ。

ちょ～嫌がってたし！

さすがの俺も傷ついた。

「しかも、おかちめんこって……わけわかんねぇこと言い出すぐらい絢音テンパってたな」

──コンコン……ガチャ……。

部屋のドアを叩くと同時に、絢音が顔を出す。

「……蒼？　入るよ？」

「もう入ってんじゃねぇか……俺が着替えてたらどうすんだよ？」

「ご、ごめんっ」

絢音の頬が赤くなってる。

今さら何で照れるんだよ？

今までさんざん一緒に過ごしてきたのに……。

俺が着替えてるとこなんか、何百万回と見てるじゃんか。

でも、いざ一緒に暮らすとなると、ヘンに意識しちゃうな。

絢音はドアの前で突っ立ったままだった。

「……それで何か用か？」

「荷物は整理できた？」

「あぁ……そんなに荷物ねぇからな」

隣の家に引越し。こんなに楽なことはないな。

「ママが、お風呂どうぞって」

「絢音は？　先に入れよ」

「そう？　んじゃ先に入るね」

「それとも一緒に入るか？　小さい頃よく一緒に入ったよなぁ」

「バッカじゃないの!?　エッチ！　変態っ！」

「冗談だろぉ～？　誰がおまえなんかと……この色気ゼロの女になんか何も感じねぇよっ」

俺は、笑って言ったんだ。いつもみたいに……ふざけて。

なのに。

「……蒼の……バカッ！」

絢音は、一瞬泣きそうな顔をした。

「そんなにキレなくてもいいだろーよ」

絢音は、返事もせずに乱暴に部屋のドアを閉めた。

俺ひどいこと言ったかな……？

でも、いつもふざけてるし。

俺ってホントに素直じゃないよな。

床に置いてた俺のケータイが鳴る。画面を見るとケンからだ。

「もしもし？　ケン？」
『ハロー？』
「は？……何だよ？」
『どうだぁ～？　絢音っちとのラブラブ部屋は……』
「部屋は別々に決まってんだろ？」
『へぇ～？』
信じてないな。完全に面白がってる。
『めくるめく甘い夜の始まりだな……』
「ケンっ！」
『シーユーアゲインー！』
うざい。ケンのやつ……何も用ねぇのに電話してきたのかよ。
俺たちに甘い夜なんて、やってくるのか……？
——コンコン。
「へーい？」
「蒼？　お風呂出たよ？　入っていいよっ」
ドアの向こうから、絢音の声がする。
「おう……っていうか、ドア越しかよ？」
「だって着替えてたら……」
「着替えてねぇよ」
——ガチャ。
「何してたの？」
絢音は、少しだけドアを開け、隙間(すきま)から顔だけ出した。
「入れば？　まだ散らかってるから、つまずくなよ……？」
「ぎゃぁ……っ！」

「あぶねっ」

——ドスンッ。

注意したそばから、絢音が本につまずき、俺の体に倒れ込んできた。

俺はとっさに絢音の体を受け止める。

濡(ぬ)れた髪。シャンプーの匂い。ほんのり温かい体。

「……絢音……早くどけ……重い……」

「ご、ごめん蒼……」

絢音はあわてて部屋を出ていった。

落ち着け……俺。

心臓の音が激しく聞こえる。

あと少しでも絢音と触れていたら、抱き締めていた。

髪からいい匂いするし、髪まだ半乾きだし。

何だよ……あのピンクのパジャマ。

いつも平気で、上下スウェットでノーブラで俺の部屋に来ていたのに。

急に乙女(おとめ)になりやがって。

「絢音が可愛すぎて……まぶしすぎる」

って……俺、ついに頭おかしくなったか？

やべぇな……俺。３年間、何もせずに我慢(がまん)できんのか？

さっきからずっと心臓バクバクじゃねぇか……。

小さい頃から一緒にいて、絢音のこと何でも知ってんのに。

今さら、あたふたするな俺。

でも俺だけなんだろうな。絢音は何とも思ってない。

俺だけが意識して。

「本当にバカみてぇだよ」

深くため息をついて、クッションに顔をうずめた。

風呂に入る前に、俺は台所で水を飲んでいた。

「あっ！　おじちゃん、お帰り～」

絢音の父ちゃんが仕事から、帰宅した。

「おう……蒼。ただいま」

おじちゃんは、俺のことを小さい頃から、本当の息子のように可愛がってくれた。

俺の親父は、仕事ばかりしている人で、ろくに遊んでもらった記憶がない。

おじちゃんが、俺にサッカーとか教えてくれて遊んでくれたから、今の俺がある。

「風呂か？」

「おじちゃん、一緒に入ろうぜ？　背中流すよ」

「蒼と入るのも久しぶりだなぁ。いいぞ」

おじちゃんには、本当に感謝している。

俺にとって絢音の父ちゃんは、父親も同然の存在だった。

風呂から上がると、絢音とおばちゃんが、リビングでテレビを見ていた。

「あら～、蒼くんとパパったら仲良しねぇ。一緒にお風呂に入るなんて……」

おばちゃんは、俺を見てニコニコ笑っている。

「久しぶりに蒼に背中流してもらったよ……」

おじちゃんは冷蔵庫からビールを取り出し、うまそうにゴクゴクと喉を鳴らしながら飲んでいた。
「あなたったら、蒼くんはもう小さい子供じゃないんだからね？」
おばちゃんとおじちゃんが笑い合っていると、絢音は口を尖らせる。
「パパは、あたしより蒼のこと可愛がってるもんね？　昔から……」
絢音は頬をふくらませ、おじちゃんに嫌味ったらしく言う。
「そんなことないぞ？」
「ひがむなよぉ～、絢音」
俺は、ふてくされている絢音の横に座り、ふくれた頬を両手でつぶした。
「ひがんでませんよーだっ！　でも蒼とパパって昔から本当の親子みたいなんだもん」
「ヤキモチ焼くなよ～」
俺は絢音が食べていたアイスクリームを横取りした。
「ゴホンッ。というわけでまぁ……今日から蒼がうちで暮らすわけだ。楽しく暮らしていこうな？」
おじちゃんの言葉に、みんなはうなずく。
おじちゃんは、マジでいい人なんだ。
今まで何度思ったかな。
絢音の父ちゃんが俺の父ちゃんだったら……どんなにいいかと。
「えーっと……これからお世話になります。よろしくお願いします！」

みんなでビールとジュース片手に乾杯した。

この家は温かい。

家族ってこういうモノなんだろうと、昔からずっと感じていた。

隣に住む絢音が、うらやましかった。

俺の家とは、全然違うから……。

夜もふけて、みんな各部屋に戻っていった。

「やっぱ……絢音ん家の家族は最高だな」

ひとりつぶやき、俺は部屋の窓を開ける。

春の夜風がそっと部屋に吹き込んだ。桜の花びらもヒラヒラと部屋に舞い込んでくる。

「まだ……さみぃな」

夜空を見上げると、星が見えていた。

隣の部屋に絢音がいる。

今まではずっと隣の家だったけど、今はもっと近くだ。

けど、距離は近くても何も変わらない。

俺と絢音は、ただの幼なじみ。

心の距離は縮まらない。

【絢音side】

あたしは布団に入り、目を閉じた。

どうしよう……眠れない。

　その時、ケータイのメール音が鳴る。
「……え？」
　蒼からのメールが届いた。
“起きてたら、部屋に来いよ。”
　眠れるわけないじゃん……。
　隣の部屋に蒼がいるって思うだけで、ドキドキして……眠れないよ……。
　時計を見たら、夜中の２時だった。
　――ガチャ……。
　下の部屋で眠っているパパとママに気付かれないように、そっと静かに蒼の部屋の扉を開ける。
「蒼……？」
　部屋は真っ暗で、蒼の顔が月明かりに照らされ、ぼんやりと見える程度だった。
「絢音」
　蒼があたしの方に振り向くと、胸の奥がギュッとなった。
「どうしたの？」
「ん？　まあ座れよ」
　蒼は窓際に座り、星を見上げていた。
「なんか眠れなくてさ」
「あたしも……」
　あたしは蒼の布団(ふとん)の上に膝(ひざ)を抱(かか)えて座った。
「ほら……これ、かけろよ」
「ありがと」
　蒼が、毛布をあたしの膝の上に乗せてくれた。

蒼は、昔から星を見るのが好きみたい。

あたしもよく流れ星を探しては、願い事をした。

月明かりに照らされた蒼の横顔は、とても綺麗。

何だか今日は、いつも以上にドキドキする。

胸の鼓動が蒼に聞こえてしまわないように、胸のあたりをギュッとつかんだ。

蒼を見ているだけで幸せだって、そう思ったの……。

こんなに近くで、蒼を見つめていられる。

小さい頃からずっと、こうして理由もなしに蒼のそばにいられること。

あたしは幸せな星に、生まれたんだよね。

なのに、どうして人は、こんなにも欲深い生き物なの……？

この広い広い世界で、あたしと蒼は、隣同士の家に生まれた。ずっと一緒にいた。

幼なじみとして、物心つくよりも前から隣にいた。

あたしたちの出逢いにもし、意味があるなら……星に願う。

流れ星、見つけられたら、蒼の愛する女の子になりたいですって。

あたしの小さい頃からの願いは、それだけだった……。

「ふぁぁぁ……」

自然とあくびが出て、口を手で押さえる。

「眠くなった？」

「ううん」

ホントはね……眠くなってきちゃった。

　でも、もう少し起きていたくて、蒼の横顔を見ていたくて。
「蒼は？」
「俺？　全然眠くねぇ」
「そっか……」
　眠くないなんて嘘ついたり。
　でも……こんなそばで眠りにつけるなんてね？
　昨日まで夢にも思ってなかった。
　蒼……好きだよ。
　心の中で……そっとつぶやいた。
　明日からまた、楽しい毎日が始まる。
　今夜はきっと、素敵な夢を見るね。

【蒼side】
「何か……俺たちももう高校生って思うと早いよな……」
　俺がつぶやくと、返事はなかった。
「絢音……？」
　絢音の方を見ると、毛布にくるまって寝息を立てている。
「寝ちゃったのか……眠れねぇって言ってたくせに」
　幸せそうな顔して……。
「口開いて寝てる」
　無邪気（むじゃき）で、それがすごく可愛い。
　サラサラの長い黒髪に……くるんとしたマツ毛……ちっちゃい鼻……柔らかそうな小さな唇。
　おまえの寝顔を、こんなにゆっくり見たの、久しぶりだな。

俺は、指で絢音の頬にそっと触れた。

誰にも渡さねぇから……。

俺は、心の中で自分に誓う。

なぁ……絢音。

小さい頃からずっと……おまえだけ。

俺にとって女の子は絢音だけ。

いつか絶対に言うよ。

幼なじみの壁なんかぶち破って、おまえが好きだって……。

それで。

俺を好きだって、言わせてやる。

「おやすみ……絢音」

絢音の家で一緒に暮らし始めた夜、俺たちは、一緒の布団で眠りについた。

ふたり寄り添うように……。

俺は、おまえのその無邪気な寝顔を見て、あの時の出来事をやっと忘れられたんだって。

おまえの心に深く刻まれた過去の傷も癒えたんだと、そう思って安心したんだ。

朝……か？

重たい瞼をゆっくりと開けて目を細めると、何となく部屋が明るい感じがした。

「ん～」

俺は再び目を閉じ、寝返りをうつ。

ん？　何だ……？　この柔らかい感触……。

パッと目を開けると、視界がさえぎられていた。

「………っ!?」

絢音の胸の谷間に、俺の顔がうずまる。

俺は、そのまま上の方に視線を向けた。

「……あ、絢音……起きてたのか」

「たった今ね……。この変態バカーっ！」

——グァシッ……！

俺は、絢音の必殺技と言ってもいい……グーパンチを思いっきり腹に喰らった。

「変態とは一緒に寝ないから！」

「おい、ちょ……待てって……」

絢音は、怒りながら部屋を出ていった。

「アイツ……いつのまに……そんな女として成長してたんだ？」

ってか、わざとじゃねぇし！

寝返りうったら……たまたま……。

それにしてもひでぇな。女がグーでパンチするか!?

ヤルんなら俺は、どうどうとするぜ！　俺は男だっ！

「絢音のバカ力。イッてぇよ……」

俺は殴られた腹をさすりながら、部屋の窓を開けた。

——ガラガラガラ……。

絢音と同居、１日目の朝を迎えた。

「ん～今日もいい天気だ」

俺は、まぶしい太陽に目を細めた。

美少女は二重人格

【絢音side】

　蒼がうちに同居して１日目の朝の食卓。

　パパはすでに仕事に出かけていて、ママと蒼と３人で朝食をとる。

「蒼くん、よく眠れたかしら？」

　ママが、蒼のご飯をよそいながら、笑いかける。

「うん。気持ちよく眠れたっす！」

　蒼、ニヤニヤしてるし。この変態……！

「まぁ蒼くんは、小さい頃から家族みたいなものだし、心配いらないわよね？　何かあればすぐに言ってね？」

「ありがと、おばちゃん！」

　ママってば、こんな変態に優しくする必要ないのに。

　それにしても蒼は、朝からご飯をガツガツとたくさん食べている。

　だから、いつのまにか背がこんなに大きくなったのね。

「絢音……？　全然食べてないじゃない。体調がよくないの？」

　ママが、あたしの顔を心配そうに見つめる。

　何か蒼のことで胸がいっぱいで、お腹(なか)空かないんだよね。

「別に……もうあたし行かなきゃ！」

　あたしは箸(はし)を置き、イスの上に置いておいた学校の鞄(かばん)を手に取り、そのまま玄関へと走って向かった。

「絢音っ！　待てって！　俺も行くよっ」

　あわてて蒼もあたしの後を追ってくる。

「いってらっしゃ〜い！　気をつけるのよ〜」

　明るいママの声に、後ろを振り向く。

　ママが笑顔で、大きく手を振っていた。

　蒼との突然の同居生活。

　何だかんだで、今日から楽しい高校生活が始まると思っていたのに……。

　人生はそんなに甘くないんだってことを、あたしは思い知ることになる。

　学校までの桜並木道を、足早にあたしは歩いていく。

「おい、絢音！　いつまで怒ってんだよ？」

　蒼が、後ろからあたしの腕をつかみ、グイッと体を引き寄せる。

「怒って当然でしょ？　ホント最低〜」

　あたしは蒼の顔を、下から思いきりにらみつけた。

「わざとじゃねぇんだって……ホントに寝ぼけてて……たまたまだって……」

　あたしの気持ちも知らないで。

　バカっ。

　――プップー……!!

　そのとき突然、車のクラクションが聞こえた。

「危ねっ！」

　あたしは怖くて、ぎゅっと目をつむる。

──ブォォォォン……。

運転の荒い車が、勢いよく走り去っていった。

目をゆっくりと開けると、あたしは蒼の胸の中。

車にひかれそうになったあたしの体を抱き寄せ、蒼がかばってくれている。

蒼はいつも、あたしを助けてくれる。

小さい頃からずっと……心の中で蒼の名前を呼ぶと、蒼はあたしのもとに飛んできてくれた。

「蒼……ありがと」

抱き締められると、これでもかってくらいに実感する。

蒼が男の子なんだって。

幼なじみっていうだけじゃない。

あたしの中では、ちゃんと男の子なんだって。

好きだよ……蒼。

「あぶねぇ車……おまえ気ぃ付けろよ……」

蒼があたしの体をそっと離す。

「ドジなんだからさ、死ぬぞ？」

そう言って蒼は、あたしの頭の上に手を置いた。

「……ドジは余計っ！」

触れられるだけで、苦しくなる。

笑顔を見るたび、あたしは欲深くなる。

蒼をあたしのモノに、あたしだけのモノにしたいって……。

学校に着くと、あたしは早速、美々ちゃんに蒼との同居について報告をした。

「はっ!?　今何つったの!?」
　美々ちゃんの大きな声に、クラスメイトたちが一瞬こちらを見た。
　あたしは思わず、クラスメイトたちに無言の笑顔を返す。
　美々ちゃんは驚いて、目を真ん丸くしていた。
「しーっ！　美々ちゃん声でかいって」
「だって同居って……！」
　右手で、あわてて美々ちゃんの口をふさいだ。
　美々ちゃんは、あたしの右手を振り払い、興奮を抑えきれない様子。
「一緒に暮らすことになったって……大チャンスじゃーん」
「全然チャンスじゃないし。ドキドキして気が休まらないよぉ」
「バカっ！　小さい頃から一緒にいて、今さら緊張してんじゃないわよっ！　こんなチャンスないよ!?」
　美々ちゃんが、あたしの肩を力強く叩いた。
　痛いし……。
　あたしは叩かれた肩をさする。
「それに！　絢音、見て、あれ……」
　美々ちゃんが指さしたのは、廊下にいた蒼と知らない女の子が、話している姿だった。
　――ズキッ。
　胸が痛む。
　見ていられなくて、すぐに目をそむけた。
「相手の女の子……可愛いね。他のクラスの子だよね」

ヤキモチ焼いてる、あたしがいた。

ヤキモチなんて何度も何度も焼いてるのに、どうして慣れないんだろう？

「蒼くんモテるんだから、いつ彼女ができてもおかしくないのっ！」

美々ちゃんは、人さし指であたしのおでこをツンと押す。

「はい……わかってます」

あたしだってわかってるよ……美々ちゃん。

でもね……あたし自分に自信がない。

世の中の恋する女の子たちは、みんなあたしみたいに不安に思うの？

気持ちを伝えるって、すごく勇気がいることだもん。

「脱っ！　幼なじみ！　絢音もくり返してっ」

「えっ？　脱！　幼なじみ！」

「声が小さいっ！　脱っ！　同居人！」

美々ちゃんの目が怖い。あたしよりも気合い入っちゃってる。

「脱っ！　同居人！」

「ファイト──オ──！」

美々ちゃんはあたしの腕を強引に上に振り上げた。

蒼は……どんな女の子を好きになるのかな。

そういえば、蒼から今まで恋愛の話、聞いたことない。

蒼は今まで誰か好きになったこと、あるのだろうか。

学校帰りに蒼が、クレープを買ってくれた。

　ふたりで食べながら歩いてく。

　イチゴと生クリームとカスタード。

　クレープはあたしの夢がつまった、甘くておいしい最高の食べ物。

「なぁ絢音？　朝のこと、まだ怒ってんのか？」

「怒ってないよ？　何で？」

　あたしの口についていた生クリームを蒼が指で取り、それをペロッとなめる。

「なっ……」

「ん？」

　もぉ……ドキドキさせないで。心臓止まったらどうするの？

「ホントに怒ってねー？」

「別にいつもと変わんないけど？」

「うそつけ。機嫌わるー」

　蒼はプイッとふてくされて前を歩く。

　蒼がモテてるから、ヤキモチ焼いたなんて言えない。

　――ドンッ！

「あっ……ごめんなさい……」

　そう言って、蒼の体に同い年ぐらいの女の子が勢いよくぶつかった。

　――ドサッ。バサバサバサッ……。

　蒼とぶつかった衝撃（しょうげき）で、その女の子の鞄から、教科書やノート、ボールペンなどが、道ばたに散らばってしまった。

「……大丈夫か？」

蒼はクレープを片手に、もう一方の手をその女の子に差し伸べた。

あたしはしゃがみ込んで、その子の落とした文房具を拾う。

「大丈夫です。ごめんなさい」

そう言って女の子は、蒼の手を握(にぎ)り、立ち上がった。

よく見ると、その女の子はあたしたちと同じ高校の制服だった。

桜ヶ丘高校の生徒なんだ。

「まだ何かないの？」

女の子が何もない地面を触っているから、あたしはしゃがみ込んで聞いた。

「コンタクトレンズも落ちちゃったみたいで……」

顔を上げた女の子は、まさに美少女というのが当てはまる。

透(す)き通るような白い綺麗な肌に、パッチリとした目と長いまつ毛が印象的。化粧はしてるみたいだけど、ナチュラルメイク。つやつやした茶色の長いストレートの髪は胸下まである。

まるでモデルさんのように、綺麗な子だった。

一般人でこんなに可愛い女の子、人生で初めて見たかも。

あたしは、拾ったノートに書かれていた名前を見た。

“1年B組　夏川栞(なつかわしおり)”

隣のクラスだ。

「栞ちゃんっ！　あたしたちも探すっ」

「どうして名前を……？」

あたしはノートを指さすと、栞ちゃんはニコッと笑った。

その笑顔は、同じ女の子でもドキッとしてしまうくらい可愛いと思った。

「あ！　あった！」

　コンタクトレンズは無事に見つかったみたい。

「よかったな……見つかって」

　そう言って蒼は、持ってあげていた栞ちゃんの鞄を、彼女に渡した。

「本当にありがとぉ……えっと……」

　栞ちゃんは、言葉につまる。

「あたし、C組の鈴ヶ森絢音でっす！」

「……絢音ちゃんね？」

「そう。んでこっちは、同じくC組の水嶋蒼」

　あたしは、蒼を指さして、ニッコリ笑った。

「蒼くんね……。ふたりは付き合ってるの？」

　そう言って、栞ちゃんは長い髪をかき上げた。

「「ただの幼なじみだよっ」」

　蒼とふたり、見事に声が揃った。

　そんなにハッキリ否定しなくてもいいじゃん。

「お、幼なじみ……？」

　栞ちゃんが、あたしたちの声の大きさにびっくりしちゃってる。

「うん、そう……幼なじみなの……あたしたち」

「……ふぅん。そっかぁ。拾ってくれてありがとう！　じゃ、また学校でね」

　茶色で長いストレートの髪をなびかせながら、華奢な栞ちゃんは足早に去っていった。
「可愛い子だったね。栞ちゃん」
「そうか？」
「えっ!?　あたし、あんな美少女、今まで生きてきて見たことないよっ？」
　蒼は、特に興味なさそうな顔をして、歩き出した。
「大げさじゃね？」
「えー？　そんなことないよぉ。しかも、カラコンだったじゃん。オシャレ～」
　地面に落としたのは、グレーのカラーコンタクトだった。
　あんなに可愛かったら、自分に自信が持てるのに。
　蒼に好きって言えるのにな……。
　どうしてあたしは平凡な顔に生まれたのよぉ。
「本当に可愛いって思わなかったの!?」
「しつこいぞ、絢音」
「むぅ──！」
　あたしは頬をふくらませた。
「何で怒ってんだよ？」
「べ・つ・に！」
　蒼ってばどれだけ、理想が高いの？
　あの子を何とも思わないなんて、あたしなんて全然ダメじゃん。
　前途多難とは、こういうことを言うのね。
「蒼ってさ、どんな子がタイプなわけ？」
「何だよ急に……」

知りたい……蒼が、どんな女の子を好きになるのか。
「今まで聞いたことなかった気がするから」
自分で聞いておいて、緊張するなんて……あたしは思わずツバをのみ込んだ。
「……そうだなぁ……バカがつくくらい素直で……嘘つけないヤツかな……」
「……え？　バカ？」
蒼の趣味って、変わってる？
「おまえ……自分から聞いたくせに、何だよその返事……」
「じゃあ見た目は？」
「……さぁな」
素直になりたい。可愛くなりたい。恋する女の子は、みんな思うはず。
好きな人の前で、蒼の前で、素直になれたらいいのに。
でもバカが好きって、一体？

【蒼side】
さっきの帰り道、アイツ……自分のことだって、全然気付いてなかったな。
それほど絢音の中で、俺は何とも思われてないってことだよな。
俺は制服から部屋着に着替え、絢音の部屋に向かった。
——ガチャ。
「……入んぞ？」

「ちょっと……！　勝手に部屋に入ってこないでよ！」

　絢音はまだ制服姿のままで、顔を赤くして、小さなクッションを俺に投げつけた。

「最近すぐキレるな、おまえ」

「着替えてたら、どうすんのよっ！」

「俺は別に……むしろラッキーっていうか……」

「バカッ！　その変態な性格、どうにかなんないの？」

「……男はみんな、そういうもんだろ？」

　絢音の怒った顔も可愛くて、ついイジメたくなる……。

　絢音にバカって言っておきながら、俺もバカだな。小さい頃から何も変わってねぇ。

「何か用？」

　絢音は俺の背中を無理やり押して、部屋から出そうとする。

「そんなに俺が邪魔か」

「違うけど……」

　そんな上目遣い（うわめづかい）で、俺を見んなよ。

「なんかCD貸して？　絢音のオススメの曲」

「CD？　なんだぁ……えーっと、ちょっと待って……」

　絢音があちこち引き出しを開けている。

　あーでもない、こーでもないと、ぶつぶつつぶやいているのが面白かった。

「ねぇ……これは？」

　絢音がいい曲だよと、俺にCDを渡す。

「それでいいよ……さんきゅ」

「それだけ？」

　そうだ……言うことがあったんだ。
「絢音。明日から、一緒に帰れない」
「帰れないって……サッカー部に入ったの？」
「うん」
　俺の返事を聞いて、絢音はすごく嬉しそうにベッドの上に転がっている。
「むきゃ〜っ」
「そんなに嬉しいのか？」
「決まってるじゃない。頑張ってね！　きっと蒼ならすぐにレギュラーになれるよっ」
　応援してくれるのは嬉しい。でもちょっとくらい残念そうな顔してくれよ。
「あぁ……頑張るよ」
　人の気も知らずに、ニッコリ笑顔の絢音。
「明日から気をつけて帰れよ？　変なヤツについていくなよ？　真っすぐ帰るんだぞ？　知らない人からお菓子もらうなよ？」
「あたし小さい子じゃないんだから」
「レベルは同じだろ？」
「はいはい。どーせチビですぅ〜」
　心配だ……俺の犬……じゃなくて絢音。

　――翌日。
　休み時間、教室で英語の宿題をやっていた俺の席に、女がやってきた。

「あーおくんっ」

　誰だっけ？

「えっと……」

　俺が言葉につまって困っていると、その女は後ろに持っていた小さな紙袋を、俺の前に差し出した。

「これね、昨日のお礼っ」

　あぁ……昨日俺とぶつかったコンタクトの女か。

「んで……何これ？」

「お弁当作ったのぉ。蒼くんにお礼がしたくて」

　女は満面の笑みで、俺に青色の弁当箱を差し出す。

「はっ？　お弁当って……俺、何もしてねぇよ？」

「ううん、すごく助かっちゃった〜。栞ねぇ、料理得意な方なんだっ。だから食べて？」

　コイツ……昨日こんなに声高かったけか？

　ひと言で言うと、すげぇブリッコだな。

　俺……コイツ苦手だ。

「ホントにお礼だから。食べて？　ねっ？」

　この女……顔の距離、近いんだけど。

「俺、弁当あるし……ホントにこういうことしなくていいから。困る」

「せっかく作ったのになぁ」

　女は勝手にふてくされて、頬をふくらましている。

　めんどくせぇ。

「んじゃぁ、今度お菓子作ってくるねっ？」

「いらねぇって。ちょっと、おいっ！　聞いてんのかよ!?」

女は風のように教室を去っていった。

意味わかんねぇ女。しつこいし。

「あーおくんっ……だってさ～」

後ろを振り向くとケンが立っていた。

「ケン……！」

ケンは、俺の後ろの席に座る。

「隣のクラスの栞ちゃんじゃ～ん。あの子、芸能事務所に入ってるらしいぜ？」

「どうでもいいけど……めんどくせぇ女。断ってんのにさ」

「蒼に興味あんのかな？」

ケン、楽しそうな顔してんな。

「困る」

俺は、絢音しか興味ねぇっつうの。

「学校一の美少女って有名だぜ？　何でも、今までフラれたことないらしいんだわ。付き合った男は数知れず……」

「だいぶどーでもいい情報をありがとーな」

「蒼、栞ちゃんにも興味ないのかよっ？」

「ねぇよ」

「マジかよっ？　まぁな。人の彼氏でも奪うらしいから、女には嫌われてるみたいだけど……可愛いしさ。でもあれほどの美少女だぞ？　一度でいいから……」

ケンは斜め上を向いてニヤついている。どうやら妄想が始まったらしい。

「ケンって……ただの変態だな」

「男は、みんなそうだろ～？」

「俺は好きな女しか興味ねぇよ」
　俺の言葉にケンは深くため息をつく。
「蒼がモテるのわかるよ……おまえは、えらいよ。そんなにいいかねぇ？　絢音っち。俺にはサッパリだな」
　ケンの言葉にイラッとした。
「誰にもわかってほしくねぇよっ！」
「おーおー。ムキになっちゃって……可愛いねぇ蒼くんは」
　俺は、ケンの腹をグーで殴った。

【絢音side】
　昼休み。
　綺麗な青い空に、おいしそうな、ふわふわした白い雲がゆっくりと流れている。
　せっかくのいい天気だから、あたしと美々ちゃんは、中庭でお弁当を食べることにした。
「古文の課題めんどいね～」
　そう言って美々ちゃんは、タコウィンナーを口に放り込む。
「本当だよね……あたし古文苦手」
　ママのおいしい手作り弁当を食べる、幸せなひととき。
その時、後ろに人の気配を感じた。
「絢音ちゃん……ここにいたんだ。ちょっといい？」
　声をかけてきたのは、昨日、蒼とぶつかってカラコンを落とした美少女……栞ちゃん。
「あたしに何か用かな？　美々ちゃん……ちょっと行ってく

るね？」

「あいよぉ」

あたしは、美々ちゃんをその場に残して、先に歩いてく栞ちゃんの後を追った。

「ねぇ栞ちゃん……どこに行くの？」

「体育館裏」

あたしの顔を見ずに答え、スタスタと歩いていく栞ちゃん。

何でそんな人気(ひとけ)のないところに……？

前を歩く栞ちゃんの後を小走りで追いかけながら、あたしたちは誰もいないひっそりと静かな体育館裏にやってきた。

「栞ちゃん……話って？」

華奢な栞ちゃんの背中を見つめる。

「あのね、栞……蒼くんのこと好きになっちゃったの」

そう言って栞ちゃんは、笑顔で振り向いた。

——ズキッ。

胸の奥に痛みを感じた。

「それでね、絢音ちゃんにも協力してほしいなぁーって思ったの」

栞ちゃんは、あたしの両手を握り、ニコッと微笑(ほほえ)んだ。

今までもこういうこと何度もあった。蒼はモテたから。

幼なじみのあたしに、協力してって頼む女の子はたくさんいた。

あたしだって、蒼が好きなのに。

でも決まっていつも言い続けてきた言葉がある。

「蒼は、あたしに協力とかされるの嫌がると思うの。好きな気持ちは自分で伝えた方がいいと思うよ？」

そう何度も、決まってこのセリフを言い続けてきた。

あたしの言葉に女の子たちは、いつも納得してくれた。

「もしかして……絢音ちゃんって、蒼くんのこと好き？」

「えっ……」

初めてだった。蒼への気持ちを悟られたのは……。

「ち、違うよ？　あたしと蒼は、ただの幼なじみだってば」

動揺を隠すように、スカートの裾をギュッとつかむ。

栞ちゃんから目をそらした。

「“ただの幼なじみ”っていうなら協力してね？　ねっ？」

栞ちゃんに顔をのぞき込まれ、無理やり笑うしかなかった。

「栞ね……蒼くんが欲しいの」

栞ちゃんは、サラサラな長い髪をかき上げながら言った。

「蒼くんを栞のものにする」

“蒼くんを栞のものにする”

嫌、嫌だ……絶対。

蒼が誰かのものになるなんて嫌だよ。

栞ちゃんの顔は、余裕な表情だった。

こんな可愛い子に好きなんて言われたら、誰だって嬉しいはず。

女の子のあたしから見たって、可愛いと憧(あこが)れるほどの存在だもの。

蒼だって男の子だから当然、可愛い女の子と付き合いたいに決まってる。断る理由なんてない。

「……栞ちゃん、ごめん」

自分の胸のあたりをぎゅっとつかんで、栞ちゃんの目を真っすぐに見つめた。

嫌だ……やっぱり。どんなに考えたって、嫌なの。

蒼が他の誰かを想うなんて、蒼が誰かの彼氏になるなんて。

絶対に嫌……。

「絢音ちゃん？」

「あたし……協力はできない」

今まで、危機感がなかったんだ。

蒼はいつまでも、あたしのそばにいるわけじゃない。

伝えなきゃ、伝わらない。

幼なじみから、一生……抜け出せない。

「今……協力できないって言ったわけ？」

一瞬、自分の耳を疑った。

さっきまで話していた明るい高い声とは違う、栞ちゃんの声。冷めた低い声が聞こえた。

「やっぱり好きなのね。蒼くんのこと……」

栞ちゃんの言葉に、うなずくことも否定することもできなかった。

明らかに先ほどまでの雰囲気とは違う栞ちゃんが、そこにはいた。

「ふ〜ん。せっかく友達になれると思ったのに……残念ね？」

「栞ちゃん……」

鳥肌が立つほどに、急に態度や声のトーン、目つきまでもがガラリと変わった。

「フンッ……幼なじみっていうだけで、えらそぉに……」

　栞ちゃんは、あたしのおでこを人さし指でグイッと押し、にらみつける。
「蒼くんが、アンタみたいな女を好きになるわけないでしょ？　可愛くもない、普通で、バカみたい。幼なじみだから、そばにいれてるの、気づいてる？」
　ひどい言葉に泣きそうになったけど、栞ちゃんの言うことは間違っているわけでもなかった。
　蒼があたしなんかを、好きなはずない。
　幼なじみだから、あたしは蒼のそばにいられる。
　その通りだった。
「蒼くんは、絶対に栞のものにする……アンタなんかに協力を頼んだのは、間違いだったみたいね。じゃ」
　その場を去ろうとした栞ちゃんの左腕を、とっさにつかんだ。
「何よ？　離して」
　栞ちゃんは、あたしの手を思いきり振り払った。
「アンタさぁ、蒼くんに気持ち伝えて、フラれんのわかってるから、何も言わないでそばにいるんでしょ？」
　そう言って栞ちゃんは鼻で笑い、あたしを上から冷めた目で見下ろす。
「ずるいね、アンタって」
「自分でもわかってるよ……そんなの」
　ずるいよ……あたし。
　今までの関係が壊れるのが怖くて仕方ない。
　だって今は、理由がなくてもそばにいられるから。

幼なじみだから、一緒の家で暮らすこともできて。

でも、蒼が誰かの彼氏になるなんて嫌だから、もう自分の気持ちから逃げちゃいけないんだね。

「アンタには、頼まない。そのかわり、容赦しないから」

そうあたしの耳元で囁き、あたしの耳をかじった。

「イタッ！」

かじられた左耳を押さえ、栞ちゃんを思いきりにらんだ。

「栞ちゃんって芸能事務所に入ってるんだってね」

「……だから何？」

「噂で聞いたの。イイ女優さんになれるね、きっと」

あたしだって負けない。

顔もスタイルも何もかも、栞ちゃんに勝てなくても。

たったひとつだけ。

蒼を想う気持ちは、誰にも負けない。

「アンタ、何が言いたいわけ？」

「だって……さっきまでの栞ちゃんとはまるで別人だもん。演技うまくて……びっくりしちゃった」

あたしの言葉を聞いて、栞ちゃんはプッと噴き出し、甲高い声で笑い続けた。

「はぁ〜おかしい。アンタさぁ、栞のことなめてるみたいね？」

「なめてないよ……あたし、ほめたのに」

「宣戦布告ってわけね？　見てなさい？　栞、本気出すから」

そう言って栞ちゃんは、しっかりとあたしをにらみつけた後、その場から走り去っていった。
どうしよう……宣戦布告だって。
「本気出すって……」
ひとりつぶやき深くため息をつくと、後ろに人の気配を感じた。
「絢音っ」
振り返ると、そこには興奮気味に赤い顔をしている、美々ちゃんが立っていた。
「美々ちゃん、どうしてここに？」
「心配で後ついてきたら、やっぱりね。夏川栞のやつ、蒼くん狙(ねら)ったかぁ」
美々ちゃんは、あたしと栞ちゃんの話を木の陰に隠れてこっそり聞いていたと言った。
「何度も飛び出して文句言おうって思ったけど、絢音が言い返したから安心したよ。強くなったじゃん、絢音！」
美々ちゃんは、あたしをぎゅっと抱き締めた。
「あたしもうダメかも。あんな美少女に言われたら、さすがに蒼だって……」
「さっきまで強気だったくせに！　何を急に弱気になってんのよ!?」
美々ちゃんはあたしの体を離し、肩を力強くつかんで真っすぐにあたしの目を見つめる。
「確かに栞の見た目はいいのかもしれない！　でもね絢音のいいところは、バカなほど純粋なところだよっ！」
美々ちゃん……それ。

「バカって……それってほめてる？　けなしてる？」
「応援してんの！　あたしはねぇ、絢音の味方だからねっ！」
「ふふっ……ありがと」
　でも勝ち目なんて何もない。
　ただ好きという気持ちだけで、何ができるのだろう。
「誰よりも蒼くんのことをわかってるのは、絢音なんだから。ねっ？」
「美々ちゃん……」
　見た目は普通だし、他の女の子より優れているところなんて、何もない。
　でもね……蒼が好き。
　この気持ちを、大切にする。勇気に変える。
　ずっと蒼のこと、好きだったんだから。

【蒼side】
　絢音のやつ、午後の授業からずっとボーッとしてた。
　何かあったのか……？
「絢音っ」
　下校時刻になり、教室を出ようとした絢音を呼び止めた。
「蒼……あっ、これから部活？」
「あぁ、気をつけて帰れよ？」
「はいはい。蒼も部活頑張ってねっ！」
　絢音の笑顔を見て、少しホッとした。
「夕飯食べないで待ってるね」

「おう」

　絢音は手を振って帰っていった。

　絢音の姿が見えなくなって、俺は鼻歌を歌いながら廊下を軽やかに歩く。

「単純だな……蒼」

「げっ……！　ケン」

　後ろを振り向くとケンがニヤニヤして笑っていた。

　恥ずい……。

「ラブパワ〜　ふふふんっ♪」

「変な歌をうたうな！」

　俺の前をスキップしているケンに、俺は思いっきり飛び蹴(げ)りをかました。

「イッてぇ〜！」

　ケンの叫び声に、周りにいた生徒がいっせいに振り向いた。

「……あほザルめっ」

　サッカー部の顧問が、部員をグラウンドに集めた。

「えー、部活を始める前に、マネージャーを紹介するぞ」

　嫌な予感がした。

「1年の、夏川栞だ。夏川……あいさつしろ」

「はい。夏川です。みなさん、頑張りますのでぇ、よろしくお願いしまぁ〜す」

　マジかよ。

　夏川は、満面の笑みで俺を見た。

　俺、苦手なんだよな……コイツ。

「おいっ！　栞ちゃん絶対に蒼が目当てでマネージャーになったな」
ケンが俺に小声で耳打ちする。
「うるせぇーよ、サル……」
「サルじゃねぇし！　モテる男は辛いねぇ～」
ふざけやがって、ケンのやろう。
夏川がマネージャーか……めんどくせぇことにならなきゃいいけど。
俺の嫌な予感は、いつも的中するんだ。

水の入ったコップが目の前に差し出された。
「あーおくんっ！　はい、お水」
部活の休憩中に夏川が、俺の横に座った。
「……さんきゅ」
俺は、夏川が差し出したコップを手に取った。
「へへッ」
夏川が急に笑い出す。
「何？」
「蒼くんって普通にしててもカッコイイけど、サッカーしてる時は、めちゃくちゃカッコイイねぇ～」
「そりゃ、どーも」
「蒼くんのサッカーしてるところ、これからずっと見られるなんて……栞、嬉しいなっ」
冷たくあしらってんのに……こりねぇ女。
あ～あ、絢音に試合見に来てもらうためにも、練習してレギュラーなんなきゃな！
「ちょっと、蒼くんてばぁ～！　話聞いてる～？」
　夏川は俺の腕をグイッと引っ張り、顔を近付ける。
「えっ？　あぁ……聞いてなかった」
　練習、頑張ろっ！
　俺は立ち上がって、全力でグラウンドに向かって走った。
「ちょっと蒼くんてばぁ～っ！」
　絢音にカッコいいところ、見せないと……！

　部活も終わり、制服に着替えて、ケンと俺は校門に向かって歩いた。
「はぁ～疲れたなぁ」
　そう言って、俺はため息をついた。
「久々の部活だしな。でも蒼、めちゃくちゃ頑張ってたじゃん！　先輩たち、ほめてたぞ？」
　そう言って、ケンが俺の背中を叩いた。
「蒼くんっ」
　出た……！　夏川栞。
「蒼くん、一緒に帰ろう？」
　夏川は、俺の左腕に腕をからめてくる。
「……何で俺が？」
「女の子ひとりじゃ夜道は危ないじゃない？　怖いんだもん……」
　俺の腕にからみつく夏川の腕を、俺は無理やりほどいた。
「だってさ、ケン。マネージャー送っていってやれよ。んじゃ、お疲れ〜」

夏川のことをケンに任せて、俺はダッシュでその場を離れた。

「ハァ……疲れた」

何だよ……夏川、マジでめんどくせぇ。

――ガチャ。

俺は家のドアを開けた。

「……ただいま」

俺がそうつぶやくと、大きな足音がバタバタと聞こえてきた。

「おかえりっ」

絢音が、まるで主人の帰りを待っていた犬のように、飛びついてきた。

「何だよ？　いきなり飛びついてきて……」

「部活どうだった？」

絢音は、目をキラキラと輝かせて聞いてくる。

「んーまぁまぁ」

「蒼……何かすごく疲れてない？　部活キツかったの？」

絢音の顔見ただけで、疲れとか全部吹っ飛ぶよ。

すげぇよ……おまえの力は。

「大丈夫」

俺は笑顔で答えた。

「そう？　ご飯できたとこだから、早く食べよう？」

「うん」

俺の腕を引っ張ってく絢音が無邪気で可愛い。
昔から、変わんねぇな。

——コンコン。
誰かが部屋をノックした。
「……蒼？　入っていい？」
絢音か。
「んーっ」
——ガチャ……。
疲れて、寝ようとしていた時に絢音が部屋にやってきた。
「ママが、蒼に持ってけって」
絢音がウサギ形のリンゴを持ってきた。
「うまそっ」
俺は起き上がって、皿を受け取った。
「いただきます……絢音も食えよ」
俺は絢音の口元にリンゴを持っていった。
「いいの？」
「何、遠慮（えんりょ）してんだよ？」
「何か疲れてるみたいだから……マッサージでもしてあげよっか？」
「マジで？」
絢音が思ってもみないことを言うから、俺は持っていたリンゴを床に落としてしまった。
「ここ？」
「あぁ……気持ちいい」

天国だ。

俺は、布団の上にうつぶせになって、絢音にマッサージをしてもらっている。

「あたし……重くない？」

「重いわけねぇだろ？　どんだけ俺、か弱いんだよ？」

「ふふっ」

俺……幸せだ。

「ねぇ……？　栞ちゃんさ、何か言ってなかった？」

「ゴホッ……」

せっかく幸せな気分だったのに、夏川の話かよ。

「何かって？　夏川さぁ……サッカー部のマネージャーになったんだよ」

「えっ!?　そうなんだ」

絢音のリアクションのデカさに、俺は逆に驚いた。

「絢音？　どした？」

「ううん……何でもない。可愛い子がマネージャーになってよかったじゃん」

何か……ツボ押す力が強くなってる。

痛いんですけど……絢音ちゃん？

「よくねぇよ。俺……アイツ苦手なんだよ」

「えっ、そうなの？　あんなに可愛くて……ちょっとアレだけど……何がダメなの？」

「アレって何だ？　まぁ苦手なんだよ。何となく」

「ふ〜ん」

あれ……？　今度は優しく押してる……。

「俺……このまま寝そう……」
　俺は、そっと目を閉じた。

【絢音side】
「……蒼？」
　ホントに寝ちゃったみたい……。
　よっぽど疲れてたんだね。
　あたしは、マッサージをやめて、蒼の体にそっと布団をかけた。
　可愛い寝顔。誰にも渡したくない。
「おやすみ………チュッ」
　蒼に内緒で、ほっぺにキスをした――。
　蒼を、あたしだけのものにしたい。
　でも……罠(わな)はもう、かけられようとしていた。

　翌日。
　学校へ行くまでの間、蒼の顔を見るのが恥ずかしかった。
　昨日、こっそりキスしちゃったからね。
「あれ……？」
　あたしは、下駄箱で、あることに気付く。
「どうした？　絢音」
　あたしの上ばきがない。
「上ばき、持って帰ったの忘れてたっ。スリッパ借りてくるね～」

「おいっ、絢音……！」
　上ばき……何でなくなっちゃったんだろう。
　誰か間違えたとか？
　もしかして……誰かに隠されたの？
　職員室で来賓(らいひん)用のスリッパを借りて、蒼のところに戻った。
「おまたせっ。蒼」
「上ばきどしたんだよ？」
「だから家に忘れたって言ってるじゃん」
　あたしと蒼が教室に入ると、いきなり目に飛び込んできたのは、黒板の派手なラクガキ……。
【鈴ヶ森絢音は淫乱女(いんらんおんな)!!】
【ブス！　死ね】
【誰とでもヤレます。本人までご連絡を】
　信じられない言葉がたくさん書いてあった。
「何これ……」
　一瞬、何が起きたか信じられなくて、放心状態になった。
「んだよ、これ！　ふざけんじゃねぇよ……！」
　蒼の怒りの声に、現実に引き戻される。
「……蒼」
「誰がこんなことっ……！」
　――ドンッ……！
　蒼は、そばにあった机を思いきり蹴飛ばした。
　クラスメイトが見てる中で、蒼はひとりで、黒板を消してくれた。
「おはよ……何？　何の騒ぎ？」

美々ちゃんが、あたしの後ろから顔を出した。
「ちょっと……！　絢音!?　なっ……何？　蒼くん、誰がこんなこと!?」
「わかんねぇ。朝来たらラクガキと、絢音の上ばきもたぶん隠されてる」
「何で？　絢音が何でこんな目に？」
「美々ちゃん、ごめん……あたしトイレ……」
泣きそうになって、あたしはトイレまで走った。
何であたしが……？　どうして……？
誰がこんなこと……。
クラスのみんなが、あたしを見てた。
軽蔑（けいべつ）した冷たい目。みんなヒソヒソ話してた。
まだ入学して間もないのに……あたし、誤解されたままこれから生活しなきゃいけないの？
トイレの個室に閉じこもると、涙がどっとあふれ出した。
何人かの人の声が聞こえる。
あたしは泣いてるのがバレないように、あわてて口をふさいだ。
——バッシャーン……！
「キャッ……」
いきなり上から、大量の冷たい水が降ってきた。
「アハハハハッ……」
女の子たちの笑い声。何人いるの……？
怖くて……冷たくて……。
震えながらあたしは、ドアを開けることさえできなかった。

笑いながら女子トイレを出ていく足音が聞こえる。

複数の足音。あたしを嫌ってる人は何人もいるんだ。

もう……嫌だ。

あたしが何をした？　まだ入学して間もないのに。

人をいじめて笑って。楽しいの？　何がそんなに笑えるわけ？

冷たい……制服がびしょ濡れだ。

胸が引き裂かれるように痛い。

何であたしなの？

あたしが誰かに、何かしたの……？

「……ぅぅ……ひっ……ひっく……」

蒼……助けて……。

こんなこと、生まれて初めて。

イジメに遭うなんて……言いたいことがあるなら直接あたしにハッキリ言えばいいのに。卑怯者……。

どうしよ……制服びしょびしょのまま、出ていくわけにもいかないし……。

あたしはただ、トイレの天井を見つめていた。

「絢音ーっ!?」

蒼の声が遠くから聞こえた。

あたしを探しに来てくれたんだ……。

でもここ女子トイレだし、蒼を呼ぶわけには……。

「絢音っ！　どこにいんだよ？」

――コンコンコンコン……！

あたしが入ってるトイレの個室のドアを、蒼が叩き続ける。

「絢音っ!? ここにいるんだろっ? 開けろよっ」
「何で……? 蒼……ここ女子トイレだよ……?」
蒼は、あたしのために女子トイレにまで来てくれた。
──ドンドンッ! ドンドンッ!
蒼が、個室のドアを思いきり叩いている。
「絢音っ! 何してんだよっ? ここ開けろよっ」
「嫌……っ」
こんな姿、蒼に見られたくない。
びしょ濡れの制服。スカートの裾(すそ)をギュッとつかんだ。
「おまえが開けないなら、俺がそっち行くからなっ」
「蒼……っ! やめて」
──ガチャッ……キィィィッ……。
あたしは自分で、個室のドアを開けた。
「絢音……っ!」
「……ぅぅ……っ……蒼……」
びしょ濡れのあたしを、蒼はぎゅうっと抱き締めてくれた。
蒼は、息を切らしてる。
そうまでして探しに来てくれてありがとう。
幼い時からそうだった。
蒼はいつも、どんな時もあたしを助けてくれたね。
蒼に手を引かれて女子トイレから出ると、美々ちゃんが
廊下の向こうから走ってきた。
「絢音っ!」
「美々ちゃん……」
声が震える。

「びしょ濡れじゃない……どうしてこんなひどいことに……。絢音……大丈夫だかんね？　あたしらがちゃんとアンタを守るから」

美々ちゃんも、びしょ濡れになったあたしを抱き締めてくれた。

「高梨、絢音のこと保健室に連れてってくれるか？」

「うん、もちろん。蒼くんどこに？」

蒼は、美々ちゃんの質問を無視して、自分のブレザーを脱ぎ、あたしの肩にかけて歩いていってしまった。

「蒼……」

後ろ姿でもわかる……すごく怒ってる。

「絢音……歩ける……？　あたしにつかまって？」

「迷惑かけてごめんね、美々ちゃん」

「バカ。何言ってんの？　うちら友達でしょ？」

あたしは、美々ちゃんに連れられ、保健室へと向かった。

【蒼side】

誰だよ……誰なんだよ……!?

「……ふざけんな」

俺の大事な絢音を、こんなふうに傷つけやがって。

絶対に許さねぇから……！

――ゴンッ。

俺は、教室に戻るなり、そばにあった机を蹴り飛ばした。

「テメェら黙ってんじゃねぇよっ！　誰か見てねぇのか

よっ!?」

　クラスメイトに怒鳴り散らした。

　教室のそこらにあるものすべて蹴り飛ばした。

「蒼っ！　やめろよっ」

「離せよっ！　ケンっ」

　ケンが、俺の両脇を抱え込んで動けなくさせる。

「蒼……っ！　こんなことしたって何も……」

「黙ってられねーだろーが！　ふざけんなっ」

　何で絢音がこんな目に遭わなきゃいけない？

　やっと……過去の傷あとが癒(い)えてきたっていうのに……。

　なんでアイツの泣き顔ばっかり、見なきゃいけないんだよ。

「蒼っ！　落ち着けよっ！　これ以上、騒ぎ大きくして、おまえが謹慎(きんしん)でもくらったら、どーすんだよっ？」

　ケンが叫ぶ。

「離せって……ケン！」

「冷静になれよっ！　おまえがいなくなったら、誰が絢音っちのこと、守るんだよっ！」

　ケンが必死に俺を押さえこむ。

「……ふざけんじゃねぇ」

「蒼……」

「……こういう時だけ……まともなこと言ってんじゃねぇよ」

　俺は息を切らしたまま、その場に座り込んだ。

「俺はいつも、まともだ。……みんなーっ！　悪かったな、席直してくれるか？」

ケンの言葉で、クラスメイトの何人かが、バラバラになった机やイスを直してくれた。

その姿を見て、俺は自分のガキ臭さに嫌気が差す。

「蒼……。今回のことと、関係あるかはわかんねぇけど……」

そう言ってケンは、真剣な顔で静かに話し始めた。

「何だよ」

「実は……昨日の帰りに、栞ちゃんに聞かれたんだ」

夏川……？

「聞かれたって何を？」

「おまえの家、どこかって……」

俺の……家……？

「夏川に俺の家聞かれたって……それと、絢音のことと何の関係があるっていうんだよ？」

ケンの言葉は、俺には理解不能だった。

「別に関係あると言ったわけじゃねぇだろ？　ただ、おまえが絢音っちの家に住んでるって言ったら……」

「ケンっ！　何勝手に言ってんだよっ!?」

「悪かったって……！　そしたら栞ちゃん、何か思いついたように走って帰っていったから。かといって証拠も何もねぇし……何とも……」

「夏川が……何で絢音を傷つけんだよ？」

夏川が絢音を傷つける理由なんか、ないだろ……？

「栞ちゃんが、おまえに気があるのは、わかってんだろ？」

「……知らねぇよ……んなこと……」

「栞ちゃんだけじゃない。蒼、おまえのファンクラブができてるらしいぜ？」
「はっ!? こんな時に何ふざけたこと言ってんだよ」
　そう言って俺は、ケンの胸ぐらをつかんだ。
「ふざけてねぇよっ！　おまえのそばに当たり前のようにいつもいる絢音っちのこと、妬(ねた)んでる女たちいっぱいいるんだよ！」
「何で絢音が……」
「蒼……おまえは自覚なさすぎんだよ。おまえはモテんだから。おまえは絢音っち以外興味なくても、おまえのそばにいる絢音っちは……いつも傷つくんだ」
　そう言って、今度はケンが俺の胸ぐらをつかんだ。
「絢音っちの気持ちも少しは考えてやれよ……このアホが！」
「俺のせいなのか……？　俺のせいで、絢音はこんなひどい目に遭ったのか？」
　俺は、震える拳(こぶし)をギュッと握り締める。
「そうは言ってない……ただ、守りたいならちゃんと守れよっ！　中途半端(ちゅうとはんぱ)なことしてねぇで、俺の女に手出すなって……ちゃんとバリア張っとけ！」
　俺の女……幼なじみとしてじゃなく、ひとりの女として、絢音を守らなきゃいけない……。
「行ってこいよ、保健室。絢音っちのこと心配だろ？」
　ケンは、俺の背中を押しながら、教室の外に出した。
「あぁ……行ってくる」
　ケンは、いつも冷静だ。
　俺と違って……。

俺は何でこう暴走するんだろう。

絢音のことになると、俺は自分でも歯止めが利かない。

ちゃんと守るから。

ごめんな……絢音。

俺が保健室のドアを開けると、ジャージに着替えた絢音と高梨の姿が見えた。

保健の先生は、周りには見当たらない。

「蒼……」

そう言って、とても不安そうな顔で、俺を見つめる絢音。

「絢音……大丈夫か……？」

「ごめんね？　心配かけて……もう平気だからっ」

ベッドの上に腰かける絢音は、無理に笑っているのがわかった。

「あたし、廊下にいるね」

そう言って、高梨は俺の肩をポンと叩く。何も言わなくても、しっかりしろと言われているようだった。

「美々ちゃん、ありがとね……」

絢音が高梨に微笑むと、高梨は「あとで」と言って廊下に出ていった。

保健室には俺と絢音のふたりだけになった。

絢音を見つめ、俺は深くため息をつく。

ごめんな……絢音。

「絢音……怖かっただろ……？」

俺は、ベッドに座り、絢音をそっと抱き寄せた。

「蒼、大丈夫だよ……ごめんね」

俺の肩に顔をうずめる絢音の声は、とても弱々しくて。

「……無理すんな」

「大丈夫……」

“大丈夫”

その言葉が、絢音には口癖になってた。

あの日からずっと。

「俺の前では、無理して笑ったり、平気なフリしたりすんな……」

大丈夫なわけないのに頑張ろうとするから、だから心配なんだよ。

「……ホントに……ぅぅ……っ……平気……だもん……っ」

「……バカ」

ごめん……絢音。

こんな小さな体を震えさせたのは……守ってやれなかった俺のせい。

「泣けよ」

「……大丈夫……っく……っ……」

「我慢しなくていい。二度と絢音を……こんな目に遭わせたりしないから……」

「蒼……っ」

「俺が絶対に……」

絢音を傷つけさせたりしない。

俺がおまえを守るから……。

5年前のあの日も……そう俺は誓ったはずだったのに。

すれ違う想い

【絢音side】

　あたしと蒼が保健室を出ると、美々ちゃんが廊下の壁にもたれかかっていた。

　心配してくれてるのが、すごく伝わる。

「美々ちゃん……」

「教室、戻れる？」

「うん」

　蒼と美々ちゃんと一緒に廊下を歩いていると、今はあまり話したくない女の子が前から駆け寄ってきた。

「……絢音ちゃん？　どうしたの？　何でジャージなの？」

　そう言って、栞ちゃんはあたしの髪をなでる。

「何でもないよ……」

「だって……顔色も悪いじゃない……」

　心配そうな顔をして、あたしの頬に触れる栞ちゃん。

　昨日の栞ちゃんとはまた違った雰囲気。

　本当によくわかんない女の子。

　でも栞ちゃんにまで心配かけちゃダメ……。あたしは、無理やり笑顔を見せた。

「行こうぜ……」

　蒼は、栞ちゃんに見向きもせず、あたしの腕をつかみ、スタスタと歩いていく。

「ちょ、蒼……じゃ、じゃぁね……栞ちゃんっ」

あたしが振り返りながら、栞ちゃんにそう言うと、栞ちゃんは、少し微笑んで手を振っていた。

蒼の横顔は、怒りに満ちていた。

「俺、ちょっと先生に絢音のこと説明してくるから」

蒼はあたしたちをその場に残して、走っていってしまった。

「ねぇ……絢音……」

美々ちゃんが小声でつぶやいた。

「なぁに？」

「さっきの栞の態度、おかしくない？　この間と全然違うじゃん」

「そぉ……だね……」

「蒼くんの前だから……？　もしかして絢音をこんな目に遭わせたのって、栞なんじゃない？」

「そんな……美々ちゃんてば……証拠も何もないし。確かにあたしのことは好きではないと思うけど、それだけでこんな……」

栞ちゃんがあんなことするなんて、信じたくない。

「美々ちゃん、それにね……トイレで水かけられた時、何人かの足音が聞こえたの。だからひとりじゃないんだよ」

「絢音が高校でこんな目に遭うなんて……。何でだろ。何で絢音が？」

「大丈夫」

「絢音……」

「あたしには、味方がいるから」

そう言うと、美々ちゃんはあたしを抱き締めた。

「ホント……お人よしなんだから……」

どんなにあたしを嫌いな人たちがいても、あたしはひとりじゃない。

あたしの大切な人たちが、あたしを大切に思ってくれてる。

それだけで強くなる。

ひとりじゃないから。

だから……大丈夫だよ。

教室に戻ると、クラスのみんながジロジロとあたしを見ていた。

何も悪いことしてないけど、みんなの視線が痛かった。

うつむいたまま、静かに席に座る。

あれ……？　何だろう……？

机の中に一枚の紙切れが入ってた。

“水嶋蒼の周りから　消えろ”

——ズキンッ。

「絢音っ」

蒼が、あたしの席に来た。

「えっ？　な、何……？」

あたしは、見つからないように紙をくしゃくしゃに丸めて隠した。

「顔色悪いし、早退すれば？」

蒼があたしの左頬を、軽くつねった。

「だいじょーぶ」

あたしは、笑顔を見せる。

「先生に話したら、今日は早退してもいいって言ってたぞ？」
「ホントに大丈夫だから」
「こういうとこ、ホントに頑固（がんこ）だな。辛くなったら、無理しないで言えよ？」
「わかった」
「先生も心配してた。落ち着いたら、話を聞きたいって……」
「あとで職員室行ってくるよ……」
「俺も行くよ」
　蒼があたしの髪に優しく触れる。
　蒼の優しい顔が……好き。
　好きだよ。大好きだよ。
　でもね……蒼。
　あたし、蒼のそばにいたらダメみたい……。

　その後は、放課後まで、何も起こらずに時間は過ぎた。
「絢音、帰ろうぜ？」
　蒼があたしの肩を抱く。
「えっ？　蒼、部活は？」
「何言ってんだよ？　今日は休む」
「あたしのことは、ほっといて……」
　あたしは、冷めた低い声で突き放した。
「どうしたんだよ？　絢音のこと、ほっとけるわけねぇだろ？」
　蒼があたしの腕を強くつかんだのを、振りほどいた。

「もう……ほっといて」
「絢音？」
「部活休んだりされたら、あたし迷惑。そこまで蒼にしてって頼んでないじゃん」
「急にどうしたんだよ？」
「ひとりで帰るから」
　これでいいんだ。
「絢音……！」
「蒼といると、疲れる」
　これでいいんだよね。お互いのためにも。
　あたしは走ってその場を去った。
　必死に走った。
　下駄箱で、靴を急いではきかえて……その瞬間、腕を後ろからつかまれた。
「何だよ、それ！」
　蒼はあたしを追いかけてきていた。
「言葉どおりだってば」
「その言い方、なんだよ」
　蒼の声が怒りに震えてるのは、わかった。
「あたしたち、ただの幼なじみっていうだけじゃん。いちいち干渉（かんしょう）しないで！」
「干渉って……おまえが心配だからだろ？　今日だってあんな目に遭って……」
「大丈夫だってば！」
「ひとりで帰ったら、また危ないかもしんないだろ？」

「そういうのが、嫌なのっ！　部活休んだり、あたしのためにに無理しないでよっ」

　迷惑かけたくない。あたしが蒼と話さなきゃ、それですべてうまくいく。

「本気で言ってんのか？　俺がおまえのために、いつ無理したんだよ!?」

「もう、あたしのことは、ほっといて……！　蒼と話したくない」

　嘘をつくのは苦手だから、早く行って。

「……勝手にしろよっ」

　蒼が去っていく。

　これでいいんだ。

　蒼が見えなくなるまで、涙を流さずにいられた。

　あたし……頑張ったよね。

　苦しい……っ。

　もう泣いてもいいかな……。

「……ぅぅ……っ……」

　あたしは、その場に泣き崩れた。

「……どう？　あきらめた？」

　頭の上から、冷たい声が聞こえた。

　顔を上げると、あたしの前に立っていたのは……栞ちゃん。

「どういう……こと？」

　不敵に微笑む栞ちゃんを、あたしは思いきりにらみつけた。

「……栞ちゃんがやったの？」

「栞は……ただ言っただけだよ？　くだらない蒼くんの

ファンクラブなんか作ってる子たちがいるから……アンタを恨むように嘘言っただけ」
「ひどい……どんな嘘を？　何でそんなことするの？」
「欲しいものは、絶対手に入れたいから……とくに男は」
　――パシンッ……！
　あたしは、栞の頬を思いきり叩いた。
「……イタイッ！」
　栞は頬を押さえ、あたしを思いきりにらみつける。
「アンタ目障(めざわ)りなの！　蒼くんの周り、うろつかないで」
「そんなこと、栞に言われる筋合いなんてないから！」
「あっそ。じゃ、アンタの大切な親友にまで辛い思いさせるかもよ？」
　何を言ってんの？　この人……頭おかしい……。
「美々ちゃんに何かしたら、あたし……絶対に許さないからっ」
「アンタ次第(しだい)じゃない？　蒼くんのことあきらめて、おとなしくしてたら何もしないから、安心して」
　そう言って栞は、笑いながらその場を去っていった。
　栞が犯人だったなんて。
　信じてたのに……違うってそう思ってたのに。
　こんなのひどいよ……。

【蒼side】
　俺は部活が終わり、更衣室(こういしつ)で着替えていた。

部活中もずっと、うわの空だった。

絢音……何であんなこと……？

ケンの言うとおり、やっぱり俺のせいなのか？

どうすりゃいいんだ？　わかんねぇ……！

──ドンッ……。

俺は更衣室の壁を、拳で殴(なぐ)った。

「蒼くんっ！　一緒に帰ろっ？」

着替え終わって更衣室を出ると、夏川が前に立っていた。

「ケンに送ってもらえよ」

「ケンくんには、先に帰ってもらったの。蒼くんに話があって」

「話？　何だよ？」

「栞ね、蒼くんのこと好きなの。付き合って？」

「わりぃけど、俺……好きな女いるから」

俺は、冷たく言い放った。

「知ってるよ。勘(かん)は、いい方だから……絢音ちゃんでしょ？」

何でコイツに言わなきゃなんねぇんだよ。

「……だったら？」

「でも、蒼くんは栞と付き合うよ？」

夏川は、笑って言った。

「はっ!?　付き合わねぇし」

頭おかしいのか？　この女。

「ふふっ……初めて。蒼くんみたいな人」

栞は、満面の笑みで、人をバカにしたように言った。

「今まで落とせなかった男の子なんて、いなかったの。でも蒼くんは、正攻法(せいこうほう)じゃ手に入らないみたいだから、覚悟(かくご)して？」
「やっぱり、おまえが!?」
——ドンッ！
「キャ……っ」
俺は、壁に夏川の体を乱暴に押しつけた。
「何の話？」
白々(しらじら)しい態度で、余裕な顔をして俺を見つめてくる。
「絢音をあんな目に遭わせたの、おまえかよっ!?」
「ふふっ」
この……クソ女……！
「黙ってねぇで、答えろっ！」
「……栞は、ちょっとバカな子たちに教えてあげただけ」
女だからって容赦(ようしゃ)しねぇ。絢音を傷つけるヤツには……。
「集団でひとりをイジメるなんて、卑怯(ひきょう)だと思わねぇのか？ホントに腐ってんな」
「ふふっ……あの子たちも、みんな蒼くんが好きなんだよ？」
「ふざけんなっ！」
夏川の手首を強くつかみ、壁に押しつける。
「ずいぶん、乱暴ね？」
「相手が男だったら殴ってた」
怒りで頭がおかしくなりそうだ。
「絢音ちゃんね、蒼くんと今後、必要以上に関わらないって、そう言ってた」
「どーせ、おまえが言わせたんだろーが！」
「選択肢は、ひとつしかないわよ？　栞と付き合うこと」
　そのとき突然、夏川に無理やり唇を押しつけられた。
「……っ……離せっ」
　俺は夏川を突き飛ばす。
「痛いなぁ……もう。絢音ちゃんのこと、これ以上傷つけたくないんでしょ？　だったら言うこと聞いて？」
「誰がおまえの言うことなんか！　俺は、おまえなんか怖くねぇんだよっ」
「ふ〜ん。楽しみね？」
　この時の俺は、コイツを甘く見てた。
　俺は絢音を守ってやれる、そう勘違いしていたんだ。

　帰り道、俺はいら立ちを抑えきれなかった。
　絢音のやつ……。
　なんで俺に何も言わねぇんだよ。
　ふざけんなっ……！
　俺は家に帰るなり、まっすぐ絢音の部屋へと向かう。
　——ガチャ。
「絢音っ」
「蒼……！　何？　急に部屋に入ってこないでよ」
「おまえは、何考えてんだよっ!?　夏川に脅（おど）されて、はいそうですかって言うこと聞いてんじゃねぇよ！」
　俺は絢音につめ寄る。

「どうしてそれを……？」

絢音の顔色が変わる。

「本人から聞いたんだよっ！　どうしてひとりで我慢するんだよ？　あんなヒドイことされて、おとなしく黙ってんじゃねぇよ……！」

絢音の目には、涙があふれていた。

「だって……蒼と口利かなかったら、何にもしないって。そうすれば蒼に迷惑かけることもないし、美々ちゃんにまで何かあったらあたし……」

絢音はその場にペタンと座りこむ。

「高梨にまで何かするって言ったのか……？」

絢音は、小さくうなずいた。

「ごめん……俺……」

泣いている絢音を抱き締めた。

「冷静になれなくて……。今日１日、どうにかなりそうだった。おまえがひどい目に遭って……本当に辛かったんだよ……」

「蒼……」

「俺ってそんな頼りない？　絢音ひとりも守れない男かよ？」

傷つけたくない。

おまえが何よりも、大事だから……。

「蒼……」

絢音の涙をぬぐうため、頬に触れた俺の手。

俺は、そっと顔を近付ける。

目を閉じて……少しずつ近付く唇と唇の距離……。

そのとき、絢音のケータイが鳴り、俺たちは目をパッと開けた。
頬に触れていた手も気まずくて、そっとおろす。
ふたりの間に、何ともいえない空気が流れた。
なんだよ、タイミング悪いな。
「はい、もしもしっ……えっ？　まだ帰ってないんですか？　わかりました。あたしも探してみます！　はい、じゃ……」
一瞬で険（けわ）しい顔になる絢音。
「どうした？」
何か胸騒ぎがする。
「美々ちゃんのお母さんから……美々ちゃん、まだ学校から帰ってきてないって。今日お母さんと出かけるから、6時までには帰るって約束してたらしいの」
「もう8時半過ぎか……」
俺は、時計を見つめた。
「あたし、探しに行ってくる！」
「待てって！　俺も行く」
俺たちは、高梨を探しに、急いで家を飛び出した。

俺と絢音は、高梨が行きそうな場所を探し回った。
駅前のカフェ、CDショップ、本屋、公園、中学の友達ん家……思いつくところは、全部回った。
いつのまにか、23時を過ぎていた。
「どこ行っちゃったんだろ？　今日中に見つからなかったら、警察に届けるって、お母さん言ってた」

「絶対に見つかるから、心配すんな」

俺は絢音の頭をポンと叩く。

「蒼……もしかして栞が何かしたとかじゃ……ないよね？」

絢音が不安そうに聞いてくる。

「何かって……？」

その時、俺のケータイが鳴った……ケンからだ。

「もしもし？　ケン？」

『蒼……』

ケンの声が明らかに、変だった。

「もしもし？」

『蒼……よく聞け。美々が……知らない男らに襲(おそ)われた……』

「はっ？　何言って……」

『今オレの家にいる』

「……嘘だろ？」

襲われたって……どういうことだよ。

『意味……わかるだろ？』

「とりあえず、いまから絢音とそっちに行く」

絢音に何て言えば……。

「蒼!?　どうしたの？」

「高梨が、見つかった。今ケンの家にいるって……とりあえず行こうぜ」

「よかったぁ……美々ちゃん無事で……」

絢音は、ホッと安心したような表情を見せた。

絢音……どうすればいいんだよ……。

高梨が襲われたなんて。

そんなこと、信じられねぇよ。

【絢音side】

あたしと蒼は、ケンちゃんの家の前に着いた。

「絢音……あのな」

蒼は、さっきから美々ちゃんが見つかったっていうのに、ずっと険しい顔をしている。

「ん？　何？　蒼……」

——ガチャ……。

ドアが開き、ケンちゃんが出てきた。

「ケンちゃん！　美々ちゃんはっ!?」

「オレの部屋にいる……とりあえず、入れよ。ふたりとも」

あたしはこの時、想像もしてなかった。

いつも強気で、シッカリ者のあたしの親友……美々ちゃんの、変わり果てた姿を。

あたしが、ケンちゃんの部屋のドアを開けると、壁に寄りかかって毛布にくるまって座っている美々ちゃんの姿があった。

「美々ちゃんっ！　よかったぁ〜無事で……ずっと探してたんだよ？」

そう言って、あたしは美々ちゃんに抱きついた。

「触らないで……っ」

何かに怯(おび)えているような美々ちゃんの声。

「美々ちゃん……？」

毛布にくるまった美々ちゃんの体は、ガタガタと震えていた。

「美々ちゃん、どうしたの……？」

「……アンタの……せいで……っ……ぅぅ……」

あたしのせい……？

「……っ……ぅぅ……どっか行って……」

震えながら、いつも強気な美々ちゃんが泣いている。

「ねぇ、美々ちゃん。何があったの……？」

あたしは、初めて見た。

こんなふうに美々ちゃんが泣いている姿を。

一体、何があったっていうの……？

あたしのせいって美々ちゃんは言ってた。

「絢音っち、ちょっとこっち来て……？」

そう言って、ケンちゃんがあたしを呼ぶ。

美々ちゃんを、ひとり部屋に残して、ケンちゃんと蒼とあたしは、リビングのソファに腰かけた。

「絢音っち……これ見ろよ」

――バサバサバサッ……。

ケンちゃんが、テーブルの上に十数枚のポラロイド写真を乱雑に広げた。

「何これ……」

その写真に写っていたのは、美々ちゃんの裸ばかり……。

「何……？　ねぇ……ケンちゃんっ！」

「絢音……落ち着け……」

蒼があたしの肩を抱く。

　何なの……これ。
「美々ちゃんに何があったの!?」
「学校の帰りに買い物してたらしい。そのあと、道でいきなり後ろから口をふさがれて、そのまま車に乗せられてホテルに連れていかれたって……」
　そう説明するケンちゃんは、怒りで唇が震えていた。
「警察に届けようっ？」
　あたしは、ケータイを取り出した。
「やめろっ！　美々が届けたくないって言ってんだ」
「美々ちゃんが？　どうして!?　こんなヒドイことされたのに……」
「写真撮られてんだぞ？　美々が言うには、ふたりの男に縛られて、そのあと……」
「もぉいいっ……それ以上、言わないで……」
　美々ちゃん……。
　女の子が一番、傷つくことをされたんだね。
　想像するだけで怖いのに。
　美々ちゃんは、どれだけ怖かったんだろう。
　きっと……すごく、すごく怖かったよね。
　あんなに震えて、何て声をかけたらいい？
　あたしは何をしてあげられる……？
　あたしが辛い時。いつも明るく励ましてくれたのは、美々ちゃんだったのに。
　あたし親友なのに、何もできない……。
　耳をふさいでいるあたしの両手を、ケンちゃんが無理やりほどいた。
「美々の体中、アザだらけなんだ。絢音っち……辛いかもしんないけど、聞けよっ！　いちばん辛いのは、おまえじゃないだろっ!?　美々なんだよっ！」
　ケンちゃんの怒鳴り声が部屋中に響いた。
「おい、ケンっ！」
「何だよ？　蒼、オレだっていつも冷静なわけじゃねぇんだよっ」
「絢音にそれ以上言うな」
　ふたりともやめて……。
「うるせぇっ！　いま美々がどんな気持ちかわかってんのか!?」
「おい、何だよそれっ！」
　そう言って蒼がケンちゃんの胸ぐらをつかみ、右手の拳(こぶし)を振り上げた。
「やめてっ！　蒼……！　ケンちゃんを殴らないで！　ケンカしないで。ケンちゃん、ごめんね。ごめん……あたしがいけなかったの……」
　蒼はケンちゃんをにらみつけて、胸ぐらをつかんでいた左の手を離した。
「……男たちがホテルから出ていく時に言ったらしい。写真ばらまかれたくなかったら、鈴ヶ森絢音によく伝えておけって」
「なっ……!?」
　あたしに……？　何で……？

「美々ちゃんが……こんなヒドイ目に遭ったのは……あたしのせいなのね……」

美々ちゃんが、あたしのせいで。

あたしのせいで。あたしのせいで……。

「嫌ぁぁぁ……」

「違うっ！　絢音……シッカリしろっ」

倒れそうになったあたしの体を、蒼は支えてくれた。

「蒼……どぉしよぉ……」

「絢音……おまえのせいじゃない。絶対に違う」

「だって……だって……嫌……！」

昨日まで明るかった世界が一瞬で真っ暗になった。

美々ちゃんは、あたしの大切な人なのに。

「ケン、テメェ何言ってんだよっ!?　何で絢音が関係あんだよ!?」

もぉやめて……蒼。

抱き締めてくれる蒼の、胸のあたりを必死につかんだ。

「知らねぇよ！　けど本当のこと、知るべきだろ？　じゃないと犯人見つけようもないだろーが……」

ケンちゃんの言うとおりだよ。

でも……。

美々ちゃんを襲った男たちが、あたしの名前を知っていた？　なぜ……？

「オレは絢音っちに、心当たりないのかって聞いてんだよっ」

心当たり……？

“アンタの大切な親友にまで、辛い思いさせるかもよ？”

まさか……栞が……？

だけど、あたし……蒼のこと、あきらめるって約束したし……そんなことあるわけないはず……。

それに、こんな恐ろしいこと、するわけない。

でも……。

「心当たりないんだな？　わかった。それを聞きたくてふたりを呼んだんだ。とりあえず、オレが美々を家に送ってくから。おまえらも今日は帰れ」

「ケンちゃん……帰る前に美々ちゃんに……」

「今日はやめとけ。さっきの態度見ただろ？　まだ怯えてる。それより犯人の心当たりないか、考えといて」

「……うん」

美々ちゃんは……あたしに恨みを持つ誰かに襲われた。

あたしのせいで、美々ちゃんをズタズタに傷つけてしまった。

ごめんね……。

あたしのせいで……本当にごめんね。

心当たりは、あるとすれば、ただひとつ。

【蒼side】

俺と絢音は、ケンの家を後にした。

少し斜め前を歩く、絢音の小さな背中。

辛いだろ……？　抱き締めてやりたい。

「絢音……おまえのせいなわけ、ないだろ？」

絢音は立ち止まり、ゆっくりと振り返る。

「でもっ……美々ちゃんを襲った男たちが、あたしの名前を知ってたんだよ？　誰がこんなこと？　あたし……どうすればいいのぉ……」

「俺が絶対に見つけるから。高梨を襲ったヤツら、絶対に探し出す。だから、おまえはもう泣くな……」

「蒼……」

「おまえのせいなんかじゃない。これは犯罪だ。おまえは絶対に何も悪くない」

「でも……」

「……帰るぞ」

俺は、絢音の右腕をつかみ、家まで歩いた。

月明かりだけが、俺たちを照らす。

――ガチャ。

家に着き、ドアを開けると、おばちゃんが心配そうに玄関までやってきた。

「ふたりとも……遅かったじゃない！　美々ちゃんは、見つかったの？」

絢音はおばちゃんの質問には答えず、階段を上がっていった。

「おばちゃん、遅くなってすみませんでした。絢音……疲れてるみたいで……」

「何かあったの……？」

「いえ、高梨も見つかったんで」

「でも……元気がないようだけど……」
「いや何も。俺も、もう寝ます」
　俺は、おばちゃんに軽く頭を下げ、階段を上がろうとすると、おばちゃんに後ろから呼び止められた。
「蒼くん……」
「はい？」
　振り返るとおばちゃんは、とても不安そうな顔をしていた。
「絢音のこと、頼むわね」
「はい」
　母親は、わかるんだろうな。何も話さなくても。
　それに……。
　おばちゃんが絢音を心配している理由も、俺にはわかるから……。

　俺は、絢音の部屋の前に立った。
　ドアに耳をつけると、中から、絢音のすすり泣く声が聞こえてくる。
「……絢音？」
　ドア越しに話しかけるけど、返事はない。
「絢音……入るぞ……？」
　絢音は、ベッドにもたれて泣いていた。
「……っく……ひっく……」
「もう寝ろ」
　俺は、絢音の背中をさすった。
「おまえも疲れただろ？　今日はもう……」

「……男たちは何であたしの名前を……？　ねぇ、蒼……」
「俺が見つけるって言っただろ？　俺のこと、信じろよ」
　絢音の頭をそっとなでた。
「今日は、寝ろ。絢音が眠るまで、ここにいるからさ……」
　絢音をベッドの上に寝かせ、絢音の体にそっと布団をかけた。
　小刻みに震えている絢音の体。
「手……つないでて？」
「うん」
　俺は、絢音の左手を握り締めた。
　絢音……。
　俺はおまえのことが、ずっと好きだった。
　５年前のあの日から。
　もう二度と……絢音が泣かないように。
　絢音が傷つかないように。
　絢音を守りたかった。
　俺が……絢音を幸せにしたかった……。

【絢音side】
　泣き疲れて、いつのまにか眠ってしまったみたい。
　美々ちゃん……少しは眠れたかな……。
　苦しいよね。きっと今も泣いてる。
　昨日の出来事が夢だったらよかったのに。
　でも違うんだ。だって蒼がここにいる。

　あたしの左手を握り締めたまま、ベッドにもたれかかるように蒼は眠っていた。

　ありがと……蒼。

　小さい頃からずっと、蒼は優しかったよね。

　普段はイジワルばっかだけど、あたしが辛い時も楽しい時も、いつも隣にいてくれた。

　ねぇ……蒼？　その優しさは、あたしが幼なじみだから？

　それだけなの……？

　握り締めた手を、離したくなかった。

　蒼……蒼が好きだよ。

　蒼への気持ち、あふれ出しそうだよ。

　今はいろんなことがありすぎて、頭の中ごちゃごちゃだけど、いつか……絶対に伝えるから。

　蒼が好きだって……。

　もしかして、蒼も同じ気持ちでいてくれてるの？

　この手の温もりを、信じたい。

「……ん？　絢音」

　蒼が目をこすりながら、あたしを見る。

「蒼……ありがと。手ぇつないでてくれて」

「……ん……うん」

　蒼、照れてる……？

　そんな顔しないで。

「俺、部屋戻って着替えてくるわ」

「ん……」

　――パタン。

蒼は部屋を出ていった。

あたしのバカ。今は、それどころじゃない。

ただひとつの心当たりを確かめるためにも。

美々ちゃん……あたしのせいでごめんね。

「いってきます……」

蒼とあたしが玄関を出ると、家の前に栞が立っていた。

「な、なんで栞がうちの前に？」

「別に絢音ちゃんに用があるわけじゃないの。蒼くんに話があるから……」

栞は、蒼の腕を思いきり引っ張った。

「蒼……っ！」

「ごめん、絢音。俺も夏川に話あるからさ。おまえ先に行って……」

何の話……？　栞の余裕の笑みは何……？

あたしも栞に聞きたいことあるのに……。

「わかった。あたし美々ちゃんの家に寄っていくから……あとでね」

あたしは、ふたりが気になりながらも先に歩き出した。

あたしはひとり、美々ちゃんの家の前に着いた。

インターホンを押す人さし指が震える。

――ピンポーン……。

玄関のドアが開き、美々ちゃんのお母さんが中から出てきた。

「……絢音ちゃん」

「あの……美々ちゃんの様子は……？」

「絢音ちゃんも知ってるのね？　美々に何があったか……」

　美々ちゃんのお母さんも、すごく疲れた顔してる。

「はい……知ってます……」

「ケン君から、詳しいこと聞いたわ。私もショックで気が動転(どうてん)して……」

「おばさん……」

「警察には届けていないの。美々が、やめてくれって言うの。データを取り返すまではって……犯人を許せない……」

「あの……美々ちゃんに少しだけでもいいので、会わせてもらえませんか？」

「誰にも会いたくないって言ってるのよ。あんなことあったばかりだもの。仕方ないわよね……ごめんなさいね」

「いえ……また来ます」

　美々ちゃん……あたしのこと恨んでるよね。

　苦しませて、ホントにごめんね。

　絶対にすぐに犯人見つけるからね。

　教室へ着くと、蒼はまだ来ていなかった。

「おい、あれ見ろよっ！」

　クラスメイトのひとりの男子が、窓から校庭を指さした。

「何、何ーっ？」

　男子も女子もみんな窓から顔を出す。

　あたしも人をかき分け、窓の外を見た。

──ズキンッ……。
胸が……痛い……。
その光景は、あまりにも信じがたくて。
どうして……？　どうして……蒼。
窓から見えたのは、蒼と栞が手をつないで登校してくる姿だった。
蒼の表情は無表情ともいえる。でも、栞は嬉しそうに歩いてくる。
「あいつら、付き合ったのかぁ〜」
「美男美女カップル誕生っ！」
「手つないで登校してくるとか、見せつけてんなぁ〜」
「嫌〜！　蒼く〜んっ」
クラスメイトたちが一気に騒ぎ始めた。
蒼が好きだったらしく、中には泣いている女子もいた。
「何の騒ぎ？」
後ろから声がして振り返ると、ケンちゃんが不思議そうな顔でクラスメイトたちの盛り上がりを眺めていた。
「おぉ〜ケン！　今来たのかよ？　水嶋と栞ちゃんが付き合ったんだよ！」
ひとりの男子が、ケンちゃんに向かって言った。
「はっ？　何かの間違いだろっ。ハハッ」
「じゃぁ、自分で確かめろよ。ほら、あれ見てみろよ！」
「マジ……？　何だあれ……」
首をかしげたケンちゃんと、目が合ってしまった。
「絢音っち……なんだよあれ……」

「ふたりが付き合ったなんて……全然知らなかった……。ケンちゃん……ごめん、あたしちょっと……」

あたしはケンちゃんの横をすり抜けて、教室から出ていく。

「おいっ、絢音っち……！」

ケンちゃんの呼び止める声に、振り返る余裕もなかった。

泣きそうで、耐えられそうにない。

あたしは屋上へ向かって、階段を思いっきり駆け上った。

「泣いたらダメ……」

泣いたら……この恋をあきらめることになるもん。

――バンッ！

屋上のドアを勢いよく開けると、真っ青な空が見えた。

息を切らし、あたしはその場に立ちつくす。

「泣いちゃダメ……あたし……」

小さい頃からの蒼への想いを、蒼にちゃんと自分の口で伝えるまでは……泣いてあきらめるなんて、絶対にできない……。

広くて青い空が、にじんで見える。

「絢音っち……！」

その声に振り返ると、ケンちゃんが立っていた。

「ケンちゃん……追いかけて来たの？」

「ほっとけないだろ？　あんな泣きそうな顔して……」

「……ケンちゃん、あたしね……いつかこんな日が来るんじゃないかって、ずっと怖かったんだ」

蒼に彼女ができる日が、いつか来る。

でも、その彼女があたしなら……そんな夢をいつも見てた。
「俺、気付いてたよ。絢音っちが蒼のこと好きだってこと」
「幼なじみだからって、蒼を縛れない。だから伝えようって思ったのに……」
　昨日ずっと手を握ってくれてたのに、やっぱり蒼は何とも思ってなかった。
「何かの間違いだろ」
「だってケンちゃんも見たでしょ？　あのふたり手もつないでたんだよ……？」
　その時、屋上に蒼がやってきた。
「おい、蒼！　さっきのなんだよ？　栞ちゃんと付き合うわけないよな？　だっておまえは……」
　ケンちゃんの話をさえぎって、蒼は言った。
「付き合うことにした。夏川と」
　確かに聞こえた、蒼の声。
　蒼に彼女ができた。蒼の初めての彼女は栞。
　一緒に住んでても、幼なじみでも、あたしは彼女じゃない。
　彼女になれなかった……。
　蒼の隣にいてもいいのは、あたしじゃないんだ。
　蒼の後ろから、ひょこっと栞が現れた。
「そういうことだから、ふたりも栞たちのこと、見守ってねっ」
「行こうぜ……夏川」
「うんっ」
　ケンちゃんとあたしは、ただふたりの後ろ姿を見つめることしかできなかった。

【蒼side】

俺と夏川は、屋上を後にした。

「ねぇ……蒼くん？　栞のこと、名前で呼んで？」

「……栞？」

「フフッ……今日、学校終わったら、栞に付き合ってね？」

「あぁ」

満足そうに、夏川は自分の教室へと戻っていった。

こうするしか、なかったんだ。

俺はバカだから、絢音を守るには……夏川と付き合うしか、なかったんだ。

休み時間になり、ケンが俺の席の前に座った。

「……話あんだけど」

ケンが怒るのもムリはない。

「場所、変えようぜ？」

俺たちは、教室から裏庭へ移動した。

「何だよ話って……」

「わかってんだろっ？　蒼……」

俺は、ケンと目を合わせられなかった。

「何だよ？　栞ちゃんと付き合うって！」

ケンの表情は怒りに満ちていた。

「もしかして、美々のことと、何か関係あんのか!?　黙ってちゃ、わかんねぇだろっ!?」
　俺は何も言わずに、うつむく。
「何で何も言わねぇんだよ？　俺って蒼の何なんだ？」
　そう言ってケンは俺のネクタイをグッとつかんで、にらみつける。
「蒼が好きなのは、昔からたったひとりだろっ？　好きで好きでどうしようもないくせに……」
「……だからだよ」
　俺はため息をついた。
　ケンにごまかしはきかない。
　絢音のことを……誰よりも好きだ。
　今も……これからも。
「絢音を守るには、夏川と付き合うしかなかった」
　絢音がこれ以上、泣かないように。傷つかないように。
　俺の気持ちなんて、どうでもいいんだ。
　絢音が笑ってくれたら……それでいい。
「美々を襲わせたの、栞ちゃんなのかよ？」
　ケンは、信じられないという顔で俺を見た。
「高梨が襲われる前……俺、部活の後で夏川と話したんだ。俺は何があっても絢音を守るって言った。でも夏川は、俺と夏川が付き合うことになるって余裕で返しやがった」
　おそらく……俺が帰った後、連絡したんだろう。
　高梨の後を、尾行(びこう)させていたヤツらに……。
「いくら何でも犯罪だぞ？　しかも栞ちゃん、女だぜ？　そんなこと現実に起きるわけが……」

「でも実際に、高梨はああいう目に遭った」
「なぁ蒼……気は確かか？」
「今朝、夏川が絢音の家の前に来た。アイツは『栞の勝ち？』って言ったんだ」
　すべては夏川の仕業。夏川の思惑どおりだ。
「あの女……絶対に許さねぇっ！」
　ケンは、拳で校舎の壁を殴った。
「高梨は警察に届けないんだろ？　夏川の思うままだ……」
「くそっ！　何か方法が……」
「ケン……俺が夏川と付き合っていれば、アイツを見張れる。だからこのことは、絶対に誰にも言うな」
「蒼……おまえ……」
「ケンのこと信じてる……」
　これしか方法はない。
　ケンは、怒りのあまり頭を抱え、しゃがみ込む。
「ケンは高梨のこと、支えてやって？　俺、今身動きできないし……」
「言われなくても、そうする」
「頼むよ」
　それだけ言って、俺はその場を去ろうとした。
「蒼……！」
　ケンが俺を呼び止める。
　納得できない……そう顔に書いてあるようだ。
「おまえは大丈夫か……？　絢音っちのこと」
「絢音のためだ」

「蒼は……絢音っちのこと何もわかってねぇな……」

ケンがひとりごとのように、つぶやく。

「いや、何でもない。行けよ」

「あぁ」

俺はケンを置いて、校舎の中へと戻って行った。

絢音が好きだ。

ただ絢音がこれ以上傷つくのも、悲しむのも、見ていられない。

俺の気持ちなんて、後回しでいい。

俺は放課後、夏川の買い物に付き合わされ、家へと帰った。

部活の休みのたびに、夏川に付き合わされるなんてごめんだ。

でも絢音を守るためなら仕方ないと、俺は自分に言い聞かせる。

「ただい……ま」

ドアを開けると、ちょうど絢音が玄関にいた。

スニーカーの靴ひもを結ぶ絢音は、俺と目を合わせようとしない。

「絢音……どっか行くのか？」

「蒼には関係ないでしょ？」

そう言って、絢音は俺の顔を見ずに立ち上がった。

「もう暗いだろ？　危ねぇじゃん」

俺が絢音の腕をつかむと、振りほどかれた。

「ほっといて……！」

──バタンッ。

絢音は、出ていった。

高梨がこんな時に、俺が夏川と付き合ったことが許せないんだろう。

でも俺は、こうするしかなかったんだ。

俺は自分の部屋に向かい、布団の上に倒れ込んだ。

「……好きだよ」

ひとりつぶやく。

暗い部屋の中、電気をつける気にもなれなかった。

俺が好きなのは、絢音だけだ。

顔をうずめていた枕が、涙で濡れた。

泣いたって仕方がない。おまえを守るためなんだ。

「ごめんな……絢音」

俺はどう思われてもいいよ。

でも……でもな……。

本当は、すげぇ……辛いんだ。

クシャッと、シーツを強くつかんだ。

悲しみの果てに……

【絢音side】

暗い夜道を、走り続けた。ただがむしゃらに。

蒼は、何でそんな態度とるんだって、きっと思ってるよね？

でも何で今なの？　美々ちゃんのこと心配じゃないの？

蒼の顔がまともに見られない。見るのが辛い。

「……ハァ……ハァ……ッ」

走り疲れて、電信柱に寄りかかる。

あたしは、“蒼に彼女ができた”っていう、その現実を受け入れられない。

「……うぅ……っ……っく……」

美々ちゃん……ごめんね。あたし最低だよ。

蒼のことで泣いてる自分がいる。

美々ちゃんは今、あたしより何百倍も苦しんでるのに。

心も体も痛いのに、苦しいのに、今はあたし……自分のことなんて考えちゃいけないのに。

ごめんね。弱い自分が大嫌いだよ……。

涙を流して、夜空を見上げた。

ふとよぎる思い出。

小さい頃……いつだったか、ふたつ並んだ星に名前をつけた。

“蒼”と“絢音”という名前を――。

『あのふたつ星みたいに、いつも一緒に……蒼くんのそばにいるから』

好きとか恋とか、そんなことはまだよくわからなくて、ずっとそばにいるって約束した。

汚れを知らないあの頃。

昔も今も、あのふたつ星は輝き続けているのに。

今は……あの約束が、涙となり、胸の痛みに変わった……。

また……会えないのかな。

美々ちゃんのお母さんに断られそう。

あたしは、美々ちゃんの家に向かっていた。

「え……？　何……」

遠くから、人が集まっているのが見える。

その人混みに近づいてみると、美々ちゃんの家の前に救急車が停まっている。

救急車の中に、美々ちゃんのお母さんが乗り込む姿が見えた。

あわてて駆け寄ったけど、救急車はすぐに走り去っていく。

「絢音っち……！」

そうあたしを呼んだのは、美々ちゃんの家から出てきたケンちゃんだった。

「ケンちゃん！　何かあったの!?　何で救急車が……」

あたしは、ケンちゃんの両肩を強くつかみ、まっすぐ見つめる。

「待ってくれよ……俺だって……今動揺してんだ……」

「一体……どうしたっていうの……？」

あたしとケンちゃんは、近くの公園に行き、ベンチに座った。

ケンちゃんは動揺していた。

落ち着くまであたしは、ケンちゃんの背中をさすり続けていた。

「ケンちゃん、大丈夫……？」

「……血だらけだった……美々の手」

ケンちゃんのひと言で、胸がえぐられるようだった。

「美々は……死ぬ気だったんだ」

「今……なんて言ったの……？」

一瞬、頭の中が真っ白になった。

いつも明るくて、シッカリ者。そんな美々ちゃんが、自分で命を絶(た)とうとするなんて……。

信じられなかった。信じたくなかった。

嫌……嫌だ……。

「あたしのせいで……」

「絢音っち……違うよ」

あたしは、ケンちゃんから視線をそらし、うつむく。

「美々ちゃんは……あたしのせいで襲われた……恨んでた。あたしを恨んで……悲しみから抜け出せなくて……」

「この前はごめん……オレ言いすぎた。絢音っちは何も悪くない。絢音っちのせいじゃないっ」

美々ちゃん……ごめん。

もう……何も聞こえなかった。

暗いままの部屋で、あたしは、ひとりベッドの上に座っていた。

ケンちゃんとあの後、何を話したのかさえ覚えていない。

どうやって家に帰ってきたのかも覚えていない。

美々ちゃんの命が助かったことを、後からケンちゃんの電話で聞いた。

あたしは美々ちゃんにどんな顔して会いに行けばいいのか、わからない。

もう何をすればいいのかも、わからなくなっていた。

自分自身さえも見失っていた。

「美々ちゃん……」

あたしは自分の太ももに爪(つめ)を立てた。

消えることのない傷を、美々ちゃんは、心にも体にも跡を残したんだ。

誰……？　誰がこんな卑劣(ひれつ)なことを？

わかんない……何も……。

助けて……。

「蒼……助けて……」

胸が張り裂けそうで、どうしようもない。

違う……蒼は……もういないんだった。

蒼は栞の彼氏になったんだ。

“俺のこと……信じろよ……”

蒼の嘘つき。

あたし……ひとりぼっちなんだ。

【蒼side】

ついさっき、絢音が帰ってきた。

部屋で俺は、絢音の帰りをずっと待っていた。

ドアの音が聞こえて、俺は部屋から出ていった。

『絢音……？』

俺は、帰ってきた絢音に声をかけた。

俺の顔も見ず、何も言わないまま、絢音は自分の部屋に入ろうとするから、もう一度声をかけた。

『おい……っ』

様子がおかしいと思った。

俺は絢音の腕をつかみ、絢音の顔を見つめる。

『何……？』

絢音……。

『いや……何でもない……』

俺は絢音の手を離した。

あの時と同じだ……あの時の絢音と。

俺は呆然(ぼうぜん)とした。

あの時と同じ……沈んだ哀(かな)しい瞳(ひとみ)をしていたから。

俺は、やりきれない想いで、部屋に戻った。

ケータイにケンからの着信。

「はい」

『蒼？　絢音っち……平気か？』

「絢音と一緒にいたのか!?」

『美々が……手首切って自殺しようとしたんだ。さっき病院に来たんだけど、命に別状（べつじょう）はないって』

「高梨がっ!?　どこの病院？　俺も今から……」

『おまえは絢音っちのそばにいてやって？　こんなことになるなんて思いもしなかった』

「わかった……また連絡する」

高梨が……そんな……自殺しようとするなんて。

俺のせいだ。

ごめん……高梨。

許さない……絶対にアイツを……。

俺は部屋を出ていく。

１階のキッチンでココアを作り、２階に戻った。

――コンコン。

絢音の部屋のドアをノックしても返事はない。

――ガチャ。

そっと扉を開けると、部屋は真っ暗だった。

「絢音……大丈夫か？　ココア持ってきた。飲めよ……好きだろ？」

絢音は、ベッドの上で膝を抱えて泣いていた。

ココアの入ったカップを机の上に置き、俺もベッドの上に座った。

「絢音、聞いたよ。高梨のこと……。ケンから連絡あって命は助かったらしい……」

絢音は膝に顔をうずめたまま、俺を見ようとはしない。

「絢音」

俺は、絢音の肩にそっと手を伸ばした。

「……触らないで……出ていって」
　そう言って涙を流す絢音。
「絢音……」
「あたしが殺した……」
　絢音の肩が震えている。
「ちが……っ」
「……あたしが……殺したの」
　絢音の震えが強くなっていく。
「違う！　絢音……おまえ混乱してる。あの時と違う！」
　俺は、絢音の両腕を強くつかんだ。
「あたしが……あたしが……」
「死んでないっ！　高梨は生きてるっ」
　俺は、絢音を抱き締めた。
「……っ……ひっ……くる……し……」
　パッと体を離し、絢音を見ると、息をうまく吸えない状態になっていた。
「絢音っ!?」
　絢音が、過呼吸状態に陥っている。
　俺は、そばにあったビニール袋を、絢音の口と鼻をおおうように当てた。
「絢音……大丈夫だ……大丈夫だから」
　絢音は過換気症候群をわずらっていて、こういう発作がたまにある。医者の話によれば、精神的なものらしい。
「……っ……くっ……ひっ……ひっ……」
「大丈夫だから……絢音……」

絢音……混乱するな。

あの時のことと、重なって……混乱してるんだろ？

今回のこともあの時のことも、おまえのせいじゃない。

絢音の呼吸がもとに戻り、手足がしびれると言うので、静かにベッドに寝かせた。

「大丈夫だ」

そう言って絢音の髪をそっとなでた。

やっと忘れかけていたのに。あの時のこと。

絢音の心に深く刻まれた傷あとがまた……。

絢音が眠りについた後、俺はアイツに電話した。

『はいはーい？　蒼くん？』

その甲高い声が余計にいら立たせた。

「栞？　今から会いたいんだけど」

俺は必死で演技をする。

『今から？　何かあったの？』

「何か……急に、栞に会いたくなって」

『どういう風の吹き回し？』

「無理なら、いい」

『ふふっ……大丈夫だよ。どこに行けばいい？』

電話を切り、俺は急いで家を出て、待ち合わせ場所に向かった。

急がないと……絢音が壊れる前に……。

真っ暗な夜の公園、外灯だけが唯一の光だった。

　噴水の前に夏川が立っている。
「遅ーい。呼び出したの蒼くんなのにぃ」
「ごめん」
　そう言って俺は、夏川をキツく抱き締めた。
「……蒼くん、どぉしたの？」
「別に」
「何かあったのぉ？」
　俺の腕の中で、夏川が甘ったるい声で聞いてくる。
「……ちょっとな」
「今日は朝までそばにいてあげる」
「本当か……？」
「うん……何かあったみたいだし。栞が慰(なぐさ)めてあげる」
　夏川は俺の胸に耳を当て、きつく抱き締める。

　それから俺たちは、駅の方へと向かって歩き出した。
　これから夏川がひとりで暮しているというアパートに向かう。
　夏川は、うれしそうに俺の腕にしがみついて歩いていた。
「ここの２階が栞の部屋だよ」
　３階建てのアパートの前。階段を上がって夏川の部屋へと向かう。
　部屋に入るとワンルームで、ベッドと丸い小さなテーブルが置いてあった。
「何飲む？」
　夏川は、冷蔵庫を開けて聞いてくる。

「うん」
「ジュースかお茶どっちがいい？」
「じゃあ、ジュース」
「はい。栞、シャワー浴びるね？」
　夏川は俺にジュースのペットボトルを渡し、服を脱ぎ捨て、シャワーを浴び始めた。
　10分後、夏川がバスタオルを体に巻いて浴室から出てくる。
「蒼くん……」
　ベッドの上に座っていた俺に、いきなりキスしてきた。
　俺の口の中に舌を入れて、からめてくる。
「……っ……蒼くん……どうしたの？」
　微動だにしない俺を不思議に思い、夏川がキスをやめる。
「どうしたも何も……何も感じねぇし」
　俺は夏川をにらみつけた。
「蒼くん？」
「何も感じねぇよ。好きでもない女のキスなんか」
　俺は、フッと笑みをこぼした。
「どういうこと……？」
　夏川が俺をにらみつけている。
「おまえの負けだ」
「何言ってるの……？　蒼くん。ふふっ……また傷つけたいの？　大事な大事な幼なじみのことを……」
　俺は、夏川にケータイを見せた。
「なっ……！」
　夏川がシャワーを浴びてる間に、夏川のケータイを盗んでおいた。
「返してよっ！」
　夏川が俺からケータイを奪い返そうとするが、女の力なんてビクともしない。
　俺が突き飛ばすと、夏川はベッドに倒れ込む。
「おまえさ、俺のことなんて別に好きじゃないだろ？」
「……何言ってるの？」
「今まで手に入らない男なんていなかった。だから俺が欲しかったんだろ？　人の気持ちなんて、力じゃどうにもなんねぇよ？」
「……おかしいって思った。蒼くん今まで栞のこと嫌いだったのに、急に会いたいなんて電話……」
「もう少しおまえは賢いかと思ったけど」
「……今までの男たちは、みんな同じだった。ただやりたいだけ。エッチさえすれば、みんな栞に夢中になった。男なんてやることしか頭にないじゃん！」
　そう言って夏川が、俺に枕を投げつける。
「おまえさ、そんだけ経験あるくせに、いい男と付き合ったことないんだな。可哀想(かわいそう)に」
「そんなにいいわけ!?　あの子の何がいいのよっ!?」
「理由なんてわかんねぇよ。でも好きなんだ。ずっと小さい頃から一緒にいた。絢音がいなきゃ、俺は生きてる意味ない……」
「生きてる意味がない？　バッカじゃないの？　好きな女のために命かけられるわけ？」

「ここで、おまえを殺して……俺も死んだっていいよ」

　絢音のためなら、俺は、何でもできる……。

「死ぬとか、バカじゃないの？　笑っちゃう……」

「おまえは、俺たちの過去を何も知らないだろ？　絢音は俺のすべてだから……アイツが幸せになるためなら、何でもできる……」

　俺は、ベッドの上の夏川に近寄っていく。

「来ないで……来ないでよ……！　怖い……っ」

　夏川を押し倒して、馬乗りになった。

「おまえが絢音にしたこと、高梨にしたこと、俺は絶対に許さない……絶対に」

　俺は、夏川の首を両手でつかんだ。

「……んで？　何でよぉ……栞には助けてくれる人なんていなかった……」

　俺が手を離すと、夏川は俺から顔をそむけ泣き始めた。

「おい……何だよ……？　また演技か？」

「……ぅぅ……っく……」

　泣いている夏川は、演技なのか本当なのか……俺にはわからなかった。

　俺の返事に答えることもなく、ただ泣き続けている。

「おい……」

　俺は、顔を横に向けたまま泣き続ける夏川の肩にそっと触れた。

「同じことしただけじゃない……。栞がされたことしただけ……なのに栞には……守ってくれる人なんて、ひとりもいなかった……」

夏川は、ひどく震え、指をくわえて力強く爪をかんでいた。

「まさか……おまえ……」

俺は、夏川の上から降り、ベッドの端に座る。

「あのままじゃ……生きていけなかった……」

恨んで……恨み続けて、それでも悲しみは消えることなく、誰かを傷つけなきゃ生きていけなかったと、そう夏川は俺に言った。

泣きながら過去のことを俺に話し始める。

「何で……何で……栞だけなの……？」

夏川は小学生の頃、クラスの女子たちからイジメに遭っていた。

クラスの中にひとりリーダー格の女子がいて、そいつに嫌われたらイジメに遭うらしく、女子たちは恐れて夏川をイジメ続けた。

その時受けたイジメと同じことを、絢音にしたという。

中学に入り、夏川は、2コ上の3年の先輩を好きになる。

その先輩には同い年の彼女がいた。

あきらめようとした矢先、夏川はその先輩から告白され、彼女とは別れると言われて付き合い始める。

しかし彼女は、夏川のことを許さなかった。

その彼女が夏川にした仕打ちは、高梨にしたことと同じ。

知り合いの男たちに頼み、夏川を襲わせたという。

そのせいで結局、先輩は夏川から離れていった。

　心も体も傷ついた中学時代。友達もいない、誰もいない。それでも不登校にならなかったわけがあった。

　母とふたり暮らしだった夏川が中学２年になった頃、母親が再婚をした。

　夏川は、その義父から虐待を受けていたという。

　家でも学校でも居場所がない夏川の心は……壊れていった。

　体に刻み込まれた、父親からの暴力、見知らぬ男たちに襲われたあと。その記憶を打ち消すように、夏川は、たくさんの男と体を重ね続けてきた。

　自分が傷つかないように、人を傷つけることで自分を守ろうとしたと。そうして生き続けてきたという。

「心から栞を愛してくれる人なんていなかった。みんな見た目だけ……」

　夏川は言った。誰かの幸せを壊すことでしか、自分の幸福感を得ることができなくなっていたと。

「誰かに本気で話を聞いてほしくて。誰かと真剣に言葉を交わしたくて。でも誰のどんな言葉も嘘くさくて……いつの間にか自分の言葉さえ偽りになってた」

「うん」

「そしたら誰も信じられなくて……自分のことも大嫌いになってた」

　それが、夏川の心の声だったんだと思った。

「絢音ちゃんが初めから気に入らなかった。幸せそうで……きっと何も苦しんだことなんてなくて。蒼くんみたいな人が、そばにいて……神様は不公平……！」

夏川が泣き叫んで、俺の服をつかんで離さなかった。

「違うよ、夏川。きっと……誰もが傷を持って生きてる。人の心の中までは、他人にはわからないんだから」

自分が辛いと、人が幸せそうに見える。

でも悩みのない人なんて、絶対にいない。

みんな必死に悲しみを隠して、明るく生きてるだけなんだ。

「蒼くんみたいな人間には、栞の気持ちなんかわかんないっ」

「おまえには同情する……だけど、同じことを誰かにしたって憎しみは続くよ。どこかで終わらせなきゃ」

俺は、泣き続ける夏川に言った。

「おまえの過去がどれだけ残酷(ざんこく)でも、俺はおまえのしたことを許せない……」

そう言って俺は、夏川の頭をそっとなでた。

その行動に驚いた様子の夏川は、俺を見上げた。

「ごめんなさ……い……」

「さっきおまえのケータイ見てたら、所属事務所の番号があった。いざという時、おまえがしたこと全部、事務所にバラしてやるって脅(おど)そうと思って……」

「それだけはやめて！　事務所にスカウトされて、やっとあの場所から逃げられた。この部屋も事務所が借りてくれてるの。あの義父のところに帰るなんて一生嫌……！」

夏川は、俺の服の裾をギュッとつかんだ。

「あたしから……夢まで奪わないで……」

「こんなバカなことやってないで、夢に向かって頑張れよ」

「……ぅぅ……っ……」

「それと、きっといるよ。おまえのことを心から愛してくれる人。そのためにも、おまえがまず、心から人を好きになれ……」

どんなにつらくても、立ち上がれる強さを、信じ続ける強さを。

どうか……夏川が前を向いて生きていけるように。

「ありがと……蒼くん……」

夏川に、高梨の写真のデータを消してもらった。

これで、何もかも終わると思っていたのに……。

夏川のアパートをあとにして、俺は家に帰ってきた。

部屋の時計を見ると、真夜中の３時だった。

嫌な予感はしたんだ。

――ガチャ。

俺は、絢音の部屋のドアをそっと開けた。

パチッと部屋の電気をつける。

「絢音……絢音っ!?」

眠っているはずの絢音の姿がない。

「どこに行ったんだよっ」

俺はあわてて、絢音を探しに家を飛び出した。

「絢音……！」

静まりかえった住宅街の道を走っていく。

こんな夜中にどこ行ったんだよ。

何か嫌な予感がする……嫌な予感が……。

「絢音っ」

俺は必死に辺りを探し続けた。

【絢音side】

「蒼……」

蒼がいない。蒼……どこ……？

砂の上を裸足(はだし)のまま、ひたすら歩き続けた。

暗くて何も見えない。

聞こえるのは、波の音。

ここは……どこ？

足元が沈んでいく。

何これ……黒い……血……？

美々ちゃん……ごめん……。

あたしのせいで。

消えないで。いなくならないで。

お願い……。

大切な友達を、二度も……失いたくない！

なんだろう。ふわふわ揺れる。

冷たくて……心地いい。

このまま眠りたいな……。

――コポコポコポ……。

“絢音”

誰かがあたしを呼んでる……でも……聞こえなくなった。

あたしの知る蒼はもういない。誰もいない。

静かな世界にあたしは行くの。

苦しみも……悲しみもない。

そんな世界があるのかな……。

消えたい。

誰もいない世界に。苦しみのない世界に。

「絢音ーっ！」

この……少しかすれた声。

誰だっけ……。

蒼……？　蒼の声……。

「……あ……お……」

後ろを振り向いた途端、体が波にのまれて沈んだ——。

【蒼side】

嫌な予感は的中した。

やっぱりここだった。

深い海の中へと歩いていく、絢音の後ろ姿が見えた。

「絢音ーっ！」

大声で叫びながら俺は、海の中へ入っていく。

がむしゃらに水をかきわけて、絢音のもとへ向かった。

夜明け前、水はすごく冷たかった。

絢音……！　絢音……！

待ってろ……絢音。

「絢音ーっ！」

やっと振り向いた絢音は、波にのまれ消えた。

「あ、……あや……」

水の中にもぐり込んで、絢音の腕を必死につかむ。

絢音を抱きしめて、水面から顔を出した。

「ゲホッ……ゴホッ……」

俺が死んでも、絢音だけは……絶対助ける……。

助けるからな。

俺は絢音を抱きかかえながら、何とか砂浜まで戻った。

「ハァ……ハァ……絢音……絢音っ！」

砂浜で絢音を抱きかかえたまま、必死に呼びかける。

「おいっ」

絢音を仰向け(あおむ)に寝かせて、頬を叩くが反応はない。

俺は……絢音と唇を重ねた。

気道(きどう)を確保(かくほ)して、息を吹き込む。

俺の意識も朦朧(もうろう)としていた。

ただ……必死で。絢音を助けたい。

それだけの気持ちだった。

「しっかりしろ……絢音」

おまえがいなきゃ、俺は。

「まだ伝えてねぇよ……」

おまえに“好き”だって。自分の口から伝えてねぇよ。

おまえが死んだら言えないだろ？

なぁ……言わせてくれよ俺に。

ずっと言えなかった、この気持ちを。

絢音の頬に触れた。

冷たい肌……目は閉じたままだった。

「絢音……しっかりしろぉ……」

何度も唇を重ねた。

死んじゃ嫌だ……。

神様……絢音の命が欲しいなら、代わりに俺の命をあげます。

俺の気持ちを伝えられなくてもいいから、絢音の命だけは助けてください。

「……絢音を……助けて……っ」

横になっている絢音のそばでひざまずき、絢音の顔を抱き寄せた。

「……ゲホッ……ゴホッ……っ」

絢音がむせて、その瞬間に口から水が噴き出し、ゆっくりと目を開ける。

「あ、絢音！　絢音、わかるかっ？」

絢音の頬を叩きながら、必死に呼びかけた。

「……っ」

「絢音……俺だよ……」

「……あ……蒼……っ……」

小さく、か細い声。うつろな瞳で俺を見つめた。

「絢音……よかった」

俺は、絢音を強く抱き締めた。

絢音の頬に、俺の目からあふれた涙の雫（しずく）がポタポタとしたたり落ちる。

悲しみの果てに残ったモノ……それは、君への確かな“愛”。

俺の中の誰よりもかけがえのない存在だということに、改めて気づかされた。

絢音の温もりを腕の中で感じながら、誰もいない夜明けの砂浜で、静かに流れる波の音を聞いていた。

【絢音side】

霧の向こうに誰かが見える……。

『……き……だ……』

聞こえない……顔も……霧でよく見えない。

誰……？　男の……子？

『……好き……なんだ……』

この声どこかで……。

顔が見えない……。

『……絢音……バイバイ』

あなたは……もしかして……。

『俺のこと……忘れたの……？』

ちがうっ……ちがうよ……！

手を伸ばしたら、消えてしまった。

行かないで……お願い……。

パチッと目を開けると、白い天井が見えた。

夢……？

「絢音っ……!?」

横を向くと、そばに蒼がいた。

「絢音っ！　大丈夫か!?」

「……蒼……ここどこ……？」

周りを見渡すと、白い天井に白い壁、白いカーテンが風で揺れている。

「病院だよ。覚えてない？　今、おじさんとおばさん、こっちに向かってるから」

あたしは、病院のベッドで眠っていたんだ。

「あたし……」

そうだ……家を出て……いつの間にか、あの海に行ったんだ。

あたしは、ゆっくりと体を起こした。

「うなされてたぞ？　泣いてるし……」

蒼があたしをキツく抱き締める。

「絢音……っ……よかった……」

「……ごめんね、蒼」

こんなことするつもりなんて、なかったのに……。

蒼が泣いていた。

「……蒼……あたし会ったの……」

「会ったって……誰に……？」

――バンッ！

「絢音……っ！」

ママとパパが、息を切らして病室に入ってきた。

「ママ……パパ……」

――バシンッ……！

病室に入ってくるなり、ママが思いきりあたしの頬を叩いた。

「シッカリしなさいっ！　どうして？　どうしてまた……こんなこと……」

ママがあたしを抱き締めて、体を震わせ泣いていた。

「ママ……ごめんね……」

あたしは、あたしを大切にしてくれる人を、泣かせてばかりだ。

夕日が沈み、いつの間にか東の空は紺色(こんいろ)に染まっていた。

ひととおり検査も終わり、病院からパパの運転で家に帰る。

車中でママは、ずっと助手席から窓の外を見つめていた。

ふたりとも……ごめんなさい。

何でこんなことしたんだろう。

どうしてあたし、こんなに弱いんだろう？

後部座席で、あたしは蒼に寄りかかりながら、目を閉じる。

ねぇ……蒼。いつも助けられてばかりだね。

幼なじみだから、だからあたしのこと大切にしてくれるの……？

蒼はいま、栞の彼氏だから、もうこんな心配かけたりしないから。

しっかりするから。

「絢音……帰ったら話あるから」

蒼がそう言って、あたしの手を握った。

家に着くと、ほっとしたのか、どっと疲れが襲ってきた。

「絢音……今日はもう休みなさい。蒼くんも……」
　そう言ってママは、あたしの頭をなでた。
「はい……」
　あたしと蒼は、それぞれ自分の部屋に入る。
　――パタン。
　自分の部屋のドアを閉めて、あたしは、ドア越しにもたれかかるように座った。
　部屋に入った途端(とたん)、ケータイのメール音が鳴る。
　蒼からだった。
【おじさんとおばさんが寝たら、絢音の部屋に行く】
　話って何だろう。
　あたしは窓から見える、ふたつ星を眺(なが)めていた。

「……絢音」
　しばらくして、あたしの部屋に蒼がやってきた。
　あたしと蒼は、ベッドの上で向かい合って座る。
「……話って何？」
　あぐらをかいて、うつむきながら蒼は話し出した。
「うん……何から話せばいいかな。俺も一日いろいろありすぎて……まだ少し動揺してる……」
　蒼は、いつもより優しい口調(くちょう)だった。
「夏川のことなんだけど……」
　今は、聞きたくない名前だった。
「もう……絢音は、何も心配しなくて大丈夫だから」
「大丈夫って何が……？」

あたしは、蒼から栞が今までしたことすべてを聞いた。
栞の過去も。
蒼が栞と付き合ったのは、あたしと美々ちゃんのためだったことも……。
「何で……？　何であたしに言ってくれなかったの!?」
栞と付き合ったことが、どれだけショックだったか……蒼にはわからないでしょ。
「ヘマするわけにいかないだろ？　絢音、嘘つくの下手じゃん」
「でも……」
「夏川は計算高いし、疑われたらデータを取り戻すどころじゃなくなるし、何されるかわかんなかっただろ？」
それでも言ってほしかったよ……。
「ケンにはさっき言っておいたし、データも消したよ。だからもう……」
「大丈夫って言いたいの……？　全然大丈夫じゃないよ……」
美々ちゃんの傷あとは、決して癒えることない。
どれだけ悲しくて、どれだけ苦しいか……。想像しただけで怖いのに。
あたしだったら……自分の存在さえ消し去りたくなる。
「絢音……高梨が自殺を図ったことは、おまえのせいじゃない。おまえは最初から何も悪くない」
「何でそんなこと言えるの……？　あたしのせいだよ！」
「夏川が企んだことだ。おまえは何も悪くない」
蒼のまっすぐな瞳は。蒼の迷いのない視線は。

　ときどき目をそらしたくなる。
「あの海に向かう途中……何も覚えてないの。ただ暗くて、孤独から逃(のが)れたくて……弱い自分さえも憎くなってくる。美々ちゃんもきっと同じ気持ちのはず……」
「高梨を暗闇から連れ出せるのは、俺らしかいないだろ？」
「……蒼」
「おまえは……もっと自分を想ってくれてる人を大切にしろよ。おじさんもおばさんも……ケンや高梨も……みんな絢音のこと好きなんだ」
　自分を大切にしてくれてる人……。
「悲しませんな……俺のことも……」
　蒼の唇が、あたしの唇に重なる――。
　涙がこぼれた。
　温かく触れ合うぬくもりが、全身を伝う。
“悲しませんな……俺のことも”
　蒼の言葉が頭の中でくり返される。
　ごめんね……蒼。
　泣いたのはあたしだけじゃなかった。蒼も同じだった。
　誰もが弱さを持ち合わせている。
　弱さを隠すことが、強いことだとは限らない。
　蒼の頬にも、ひと筋の涙が流れ落ちる。
「俺のために生きて……」
　ベッドの上で、蒼はあたしの体を静かにゆっくりと押し倒した。
　蒼はあたしの体の真横に体を倒し、あたしたちは涙を流したまま見つめ合う。

「もう……泣かないで……蒼……」

あたしは右手を伸ばし、蒼の目から流れ落ちる涙をそっと親指でぬぐった。

「ずっと……好きだった。絢音のこと……幼なじみとしてじゃなくて、友達でもなくて、女として……おまえを見てた……」

「全然……気付かなかった……」

「言えなかった……おまえのそばにいられなくなるのが怖くて。でも……やっと言えた」

蒼があたしの髪に触れて、頬をなでた。

蒼の好きな人が、あたしだなんて。

小さい時からずっと星に願っていたこと。

これは、夢なのかな……。

目と目が合った瞬間、もう一度唇は重なる。

さっきよりもずっと深くて甘いキス……。

夢じゃない……この温度。

このやわらかな感触。

好きだよ。好きだよ……蒼。

小さい頃からの願いは、それだけだった。

でも……。

「ごめん……蒼」

あたしは、蒼の体を離した。

「わかってる……おまえが俺のこと何とも思ってないことぐらい」

違う。違うよ……蒼。

「高梨のことが先だよな。高梨の傷が癒えて、高梨がまた笑えるまで……頑張ろうぜ」

美々ちゃんが悲しい時に、あたしだけ幸せになんてなれない。心から笑えない。

蒼は……あたしの気持ちわかってくれてた。

「美々ちゃんと、前みたいに過ごせるようになるかなぁ……？」

「絢音が信じなくて、どうするんだよ」

「うん……」

美々ちゃんがまた笑えるように、あたしが強くならなきゃ……。

美々ちゃんの傷が、少しでも癒えるように。

「俺……待つよ。絢音が俺のことを見てくれるまで。絶対に好きにさせてやっから」

蒼があたしの頬を左右に引っ張った。

「ハハハッ……ヘンな顔っ」

「ひどーい」

久しぶりにふたりで少しだけど、笑い合えた気がした。

「そろそろ寝るか……」

蒼はあたしの頭をそっとなでた。

「うん……おやすみ」

「おやすみ」

そう言って蒼は、あたしと一緒の布団の中にもぐり込んだ。

「何やってんの？　蒼」

「おまえがどこにも行かないように、見張ってる」

蒼はまっすぐに見つめてくる。
「行かないよ、どこにも。自分の部屋で寝てってばぁ」
こんなの心臓がもたないし、眠れないっ！
「今日くらい、いいだろ？　見張るっていうのはウソ。絢音と一緒に寝たい……」
さっきまで男らしい顔だったのに、急に甘えたように可愛くなる蒼の表情。
「小っちゃい子供みたい」
「子供でいいよ……おまえのそばにいられるなら」
布団の中で、蒼は、あたしを抱き締める。
「いつからそんな臭いセリフ言うようになったの？」
「うるせぇっ……寝ろ」
「いつもの蒼に戻った」
なかなか眠れなかったけど、あたしは目を閉じて、蒼の温もりを感じていた。
本当は……今すぐにでも伝えたい……。
あたしは小さい頃からずっと蒼が好きなんだよって。
そして、キスして……抱き締めたい……。
美々ちゃんの傷が癒えたら、ちゃんと伝えるからね。
だから今は……ただそばに……。

絶望、苦しみ、孤独……悲しみの果てに残ったモノ。
それは、君という存在。
あたしの“生きる意味”。
君と、大切な友達。

“絢音……バイバイ”

——ドックン……！

大きく聞こえた心臓の音。

胸が苦しい……。

“俺のこと……忘れたの？”

待って……待ってよ……。

忘れてなんかないよ……お願い……行かないで……！

……智也(ともや)っ！

「……音……絢音……！」

「ハァ……ハァハァ……っ……」

胸が苦しくて、布団をめくり上げて、飛び起きた。

「どうしたんだよ!?　すげぇ、うなされてたし……汗もびっしょりじゃんか」

額(ひたい)からだけじゃない、体中、服もびっしょりなくらい汗をかいていた。

「泣いてんじゃん……怖い夢でも見たのか？」

蒼が洗面所からタオルを持ってきて、あたしの汗を拭(ふ)いてくれた。

「……平気。夢を見たの」

あの時も蒼がいたから生きてこれた。

あたしは蒼の胸の中に顔をうずめた。

「何の夢？」

もうあれから５年が経(た)つんだね。

ねぇ……智也(ともや)。

今でも……あたしを……？

「……蒼。……智也と会ったよ……」

【蒼side】
“智也”。
　やっぱり……俺の思ったとおりだった。
「おまえが病室で“会った”って言ったのって……智也だったのか？」
「……うん」
　俺は抱き締めたまま、絢音の背中を優しくさすり続けた。
　絢音……どうしたら、おまえの心の傷は癒える……？
　どうしたら俺は……おまえを救ってやれる……？
「おまえは、いつも自分のせいにするけど……智也のことも、おまえは何も悪くないだろ……？」
「あの時もそう……蒼が助けてくれなかったら……あたしは生きてなかった」
　忘れるなんてできないってこと、わかってる。
　俺だってそうだ。智也との会話、一つひとつ覚えてるよ。
　あの頃は俺たちまだ幼すぎて、あまりにも衝撃(しょうげき)的で。
　すぐに現実を受け止められなかった。
「絢音、おまえのせいじゃない」
「でも……智也はあたしを許してくれない」
「違う……おまえは高梨のことで混乱してる」
「美々ちゃんは……あたしのこと許してくれるのかな？」
「当たり前だろ？　おまえは何も悪くないんだから。明日、高梨に会いに行こう」

「うん……」

それから、絢音も俺も目は閉じていたけれど、なかなか眠れずにいた。

不安に襲われる俺たちを、月明かりが照らす……。

瞼(まぶた)をゆっくりと開けると、カーテンの隙間から白い光が差し込んでいる。

いつの間にか眠ってたんだな。

俺の腕にしがみつくように、絢音は眠っていた。

からみつく腕をそっと起こさないようにほどき、俺は絢音の体に布団をかけた。

パジャマから胸元が少し見えて、俺の心臓は急に速くなる。

目線を上にやり、絢音のおでこにキスを落とした。

「……ん？　蒼……おはよ……」

「……はよ」

起きると思わなくて、俺は必死に平静(へいせい)を装(よそお)った。

「どしたの？」

「……別に」

絢音に背を向ける。

「蒼が冷たーい」

「うるせぇよ」

触れてはいけない。

やっぱり一緒に寝るのは、ある意味……残酷だな。

「……夢じゃないよね？」

絢音が後ろから俺の体に抱きついてきた。

そんなことされたら、俺だって勘違(かんちが)いするぜ？

「俺がおまえを好きだって言ったこと……？」

「……冷蔵庫の中にたくさんのケーキが入ってる」

「いや、それ、ぜってーに夢だ」

ケーキの夢見てたのかよ。絢音の食い意地には本当に呆れる。

絢音のほうに向き直り、絢音の顔を見つめる。

「蒼？」

俺は絢音の、開いている胸元にかみついた。

「痛いっ……蒼、何すんの……」

赤紫色のアザ……愛してる証(あかし)。

「キスマークなんて……何考えてんのよっ」

「絢音は俺のものだって印」

顔、赤くすんなよ。俺まで照れる。

——ゲシッ……!!

「イッてぇ……スネ蹴んなよ……」

絢音の蹴りは、本気で痛い。

俺は、ベッドの下に転がり落ちた。

「もう……バカ！　何やってんのよ！」

そんなに怒らなくたっていいじゃんか。

「おまえを元気にさせようとしたんだろ？」

「嘘！　ただの変態じゃないっ」

絢音は、ふてくされて布団の中にもぐり込んだ。

「絢音？」

布団を思いきりめくり上げると、絢音は頬を赤く染めて、俺を見つめた。
「待つって言ったくせに……」
「それとこれとは別。おまえを振り向かせなきゃ、始まらないだろ？」
気持ちを知られた以上、俺は片想いで終わる気はない。
「蒼のバーカ」
「絢音、俺のこと嫌い？」
「……嫌いなわけないじゃん」
寝たまま、絢音が無愛想（ぶあいそう）に答える。
「じゃあ……好きか？」
目をそらすなよ。黙り込むなよ。
「おまえ……可愛いよ」
「何か蒼ヘンだよ？　いつもあたしのことイジメてばっかりのくせに……冷たいはずなのに。キャラ変わってる」
「おまえに気持ちバレたからじゃん？」
「……もぉいい」
絢音は布団を勢いよくかぶる。
「部屋戻って制服に、着替えてくる」
――パタンッ。
絢音の部屋を出て、ドアにもたれかかった。
絢音。おまえのこと……すげぇ好きだよ。

その日、学校での休み時間、俺とケンは学校の中庭の隅で話をしていた。

澄(す)んだ青空に白い雲。桜の木が満開にピンク色の花を咲かせ、風に吹かれて花びらは宙を舞っている。
「なぁ……ケン。夏川が今日、退学届け出したらしい」
ケンは、驚いた表情で俺を見る。
「そっか……どんな理由があってもオレ、アイツ見たら何するか、わかんなかったし……オレの前からいなくなってくれてよかった」
そう言ってケンは、空を見上げていた。
もちろん……俺だって許せねぇよ。
でも、夏川が変わってくれると信じて、いつか許せる日が来ると思いたい……。
「高梨の具合どう？」
「手首に包帯巻いてるよ」
ケンもろくに寝てないんだとわかる。目の下にはクマができてるし、食欲もないみたいだ。
「美々も絢音っちも……ホントに……」
ケン……わかるよ。
俺もこの何日間か、生きてる心地がしない。
「でもさぁ、絢音っちがいなくなって、よく海にいるってわかったな？　絢音っち、ケータイ持ってなかったんだろ？」
「あの海は……絢音が智也と最後に逢った場所だったからな……」
「はっ？　智也って誰？」
「ケンには、話したことなかったよな……」

俺は、深く息を吸い、空を見上げた。

小学校の時、クラスに智也ってヤツがいた。

端正な顔立ちをした智也は、口数の少ない、おとなしいヤツで。そんな智也が、小５になって急に人が変わったように明るくなった。

その頃、絢音が、智也によく話かけているのを俺はよく見かけていた。絢音は、誰にでも優しく声をかけたり、接するタイプで……八方美人だって、よく思わない女子たちもいたけど……。

絢音は……単純に優しい心の持ち主なんだ。

智也が明るくなったのは、絢音と仲良くなったからだと思った。

小５の夏休み、絢音と智也は、何人かの男女グループでよく遊んでいたみたいだった。

俺はサッカーや水泳の習い事をやってたし、小５の夏休みは、ほとんど絢音と遊んだりしていなかった。

家も隣で、クラスも同じ。いつでも会える……それにまだ俺は、絢音に対する気持ちに気付いていなかったから。

ただの幼なじみだと思ってた。

そして、残暑厳しく、夏休みも終わりに近付く頃。

俺は、家の前に来ていた智也に呼び出される。

『蒼……俺さぁ、絢音が好きなんだ』

智也は、まっすぐな瞳で俺に言った。

　絢音への気持ちに気付いていなかった俺は、少し不快に思った程度で、平静を装った。
『マジで!?　泣き虫だし、バカでただのドジじゃん……』
　心の中では突然の智也の告白に、戸惑(とまど)っていた。
『蒼は絢音のこと、好きじゃないの？』
『俺が!?　何で絢音なんか……ただの幼なじみだよ』
　俺の心の奥底で、何かが崩れていく。
『そっか！　何か気になっててさ。んじゃ俺……絢音に告白する』
『あ、あぁ……頑張れよっ……智也』
　俺は、何かよくわからない感情にかられながらも、智也に応援の言葉をかけた。

　夏休み最後の日、俺は、家で宿題に追われていた。
『頑張ってねぇ〜、蒼っ』
　さっさと宿題を終わらせるタイプだった絢音は、余裕な顔で俺をからかう。
『うっせぇ。俺ん家にいないで、早く行けよっ』
　この日、絢音は智也とふたりで海に行く約束をしていた。
『蒼も行けたらよかったのにぃ〜』
　絢音がそばで頬をふくらましている。
『智也にふたりで行こって誘われたんだろ？』
『でもぉ〜』
『泳いだらクラゲに刺されるぞ？』
『泳がないよぉ！　智也が海を見たいんだって〜』

この日、俺が一緒に行っていれば何か変わったのか。

そんな後悔さえも、過ぎた今では、もう何の意味もない……。

その日、智也と海に出かけていた絢音が、夜７時くらいに家に帰ってきた。

俺は、親が遅くなる日で、絢音の家に夕飯を食べに来ていた。

『絢音っ！　宿題終わったぜ～』

『……そぉ』

絢音の様子が、少しおかしい……元気がないように思った。

『どした？』

『……別に』

その時、絢音のケータイが鳴った。

絢音は、ケータイの画面を見て、悩んでいた。

『電話だろ？　出ないのか？』

『う、うん……平気。ご飯食べよっか！　ママ～、今日のご飯なぁに～!?』

その電話の相手は、智也だったらしい。

そして……それが智也からの最後の電話となった……。

「最後の電話って……どういうことだよ？」

ケンは目を見開き、驚いていた。

「智也はその日、夏休み最後の日に……死んだ」

智也は、あの海に消えた——。

「死んだって……そんな……」

「自殺だった……」
「……自殺」
　小5だった俺たちには、あまりにも衝撃で、ただただ苦しかった。
「今回の高梨のことを、智也と重ねてる。絢音は、自分のせいで智也が死んだってそう思ってる。高梨も失うんじゃないかって……自分のせいで人が死ぬなんて思ったらさ、耐えられないよな……」
「美々のことは、栞のせいだし、その智也ってヤツが死んだのも、絢音っちのせいなわけじゃないんだろ？」
「当たり前だろ……？　でも絢音はそう思い込んでる」
　絢音の心の傷は、深く深く刻まれている。
　絢音は、あの夏の日から、魂が抜けたみたいだった。
「オレ……ちっとも気付けなかった」
　ケンはうつむき、自分の髪をぐしゃぐしゃとかき回した。
「ケンも高梨も、俺たちと出逢ったのは中学だったしな。絢音は中学に入るまで、睡眠薬なしでは眠れない状態でさ」
「不眠症だったのか？」
「あぁ」
　中学に入ってからも、朝たまに目を腫(は)らして来ることがあった。
　でも絢音は、無理にでも元気を出して過ごしていた。
　俺のせいでずっと、絢音に無理をさせてしまった。
「俺が絢音を救ってやれたんだって……えらそうだけど、昨日までは、そんなふうに思ってた。でも違った」

俺のせいで、余計にアイツを苦しませ続けたのかもしれない。
「蒼……絢音っちにとって、どれだけおまえが大切な存在だったのか……おまえだってわかってるだろ？」
「どうしたら絢音を救ってやれんのかな……」
俺だって智也のこと、苦しいのに。絢音はそれ以上に苦しいんだ。
「智也が自殺した原因は？」
「それがわかんねぇんだ……あの日、海で絢音と智也が何をしていたのかも……絢音は誰にも、何も言わねぇんだ」
絢音の心にはカギがかかってて、俺はそこに一歩も入っていけない。
「智也は、どこで死んだんだ？」
「あの海で……砂浜に智也の靴が残されてたんだ」
今でも思い出す。
あの時の……砂の感触……。

小５の夏休み最後の日だったあの夜、智也が家に帰ってきていないと、クラス中に連絡網が回ってきた。
絢音が家を飛び出したのを、俺は追いかけた。
通りかかったタクシーに乗り込み、20分ほど走った。
『停めてください！』
絢音は５千円札を置いて、おつりももらわずにタクシーから飛び出した。
駆け出す絢音を必死に追いかける。

『絢音……っ！　智也はここにいんのか!?』
『わかんないけど……でも……』
　夜の海は……深い闇のようで、俺は恐ろしささえ覚えた。
　――ザザザーッ……ザザザーッ……。
　浜辺は、波の音で包まれる。
　――サクッ……サクッ……。
　砂浜を走る足が、なぜかとても重く感じた。
　この闇に、この砂に、体が埋もれてしまうのではないかと思うほどに……。
　街灯で、砂浜に少しだけ明かりが照らされている。
　そして、視線の先には、白いスニーカーが並べられて置いてあった。
　白いスニーカーのそばに落ちていた、割れたビンのカケラ。
　赤い血……いや黒い血が……足跡とともに、海のほうへと続いていた。
『……これ、智也の……』
　絢音が、スニーカーを見て崩れ落ちる。その背中は小さく震えていた。
『あや……』
　すぐに俺の唇も、体も震えてきた。
　ケータイを手にしても、どこへ電話をかければいいのか。頭が真っ白で、何も考えられなくて。
　ただ……絢音を守らなければいけない。そう思った。
　智也のスニーカーの下にはさんであった紙切れに気づき、絢音がそれを広げた。

『……っ……ともやぁぁぁ——！』
　紙を握り締めたまま、うずくまり震え泣き叫ぶ絢音を、俺は抱き締めた。
　紙切れに書かれていたのは……。
“あやね　バイバイ”

「俺は、高梨のことがあって……智也のことを思い出して混乱してるんだってそう思ってた」
「そうじゃねぇの？」
「俺はアイツのこと全部わかってるつもりだったのに。結局何もわかってなかった……」
　高梨が自殺未遂（みすい）を起こしたことが、絢音の張りつめていた糸を切るきっかけに、なったのかもしれない。
　でも……。
　なぁ……今まで元気に笑っている顔も、明るい声も、全部が嘘だったのか……？
　どうして俺は、絢音の想いに気付けなかったんだろう。
　今わかったって……遅すぎる。
　やっぱり俺があの時に言った言葉が、おまえを残酷な深い闇に落としてしまったのだろう。
　絢音の心を壊したのは、俺。
　絢音……どうすれば、つぐなえる？
　この俺の罪……。

第2章

まだ子供だった
たった16歳だった

それでも、この恋が
最初で最後の恋だと信じてた
幸せな未来を願ってた

運命は初めから、
決まっていたの……？

16歳、夏の終わり
あたしは再び大切な人を失う

忘れられない過去

【絢音side】

休み時間、あたしは、ひとりになりたくて屋上にやってきた。

見上げると、キレイな青い空にヒコーキ雲。

蒼に助けてもらわなかったら、二度とこんな景色を見ることはなかった。

柵にもたれかかって肌に感じる爽やかな風の感触さえも。生きてると実感させる。

今日は、栞の姿が見えない。

会っても、何て言えばいいのかも、わからないけど。せめて美々ちゃんに謝ってほしい……。

あたしは、ケータイの待受画面を見つめた。

美々ちゃんと撮ったプリクラの画像が、あたしの待受画面。

また……こんなふうに笑ってくれる……？

美々ちゃん……。

――ガチャ……キィ……。

屋上の扉が開くと同時に人が見えた。

「やっと、見ーつけたっ」

あたしの目の前に現れたのは、蒼のファンクラブの子たち。

派手なギャルから、あたしと同じ雰囲気の、ごく普通の女の子まで……ざっと10人はいる。

栞にうまく操られて、あたしをイジメてた子たち。
「何？　何か用？」
あたしは何も知らないフリをして、冷たく言い放った。
「うちらがさぁ、アンタのことイジメてたってこと……アンタ、知ってんでしょ？」
先頭に立っていた、口ピアスをした金髪の派手なギャルが言った。
「……それで？」
思いきりにらみつけた。
「ハァ～？　何その態度～。チョームカつくんだけどぉ～。栞から、バレてるから、もぉやめろって……うちらにメール送られてきたんだけどぉ」
だから何？　イライラする。
「用は何？　もう少し速くしゃべってくれない？　今さ、誰とも話したくないの」
「テメェ……いい気になってんじゃねぇよっ！」
そのギャルが両手であたしの胸元を思いきり押した。
あたしは、柵(さく)に思いきり腰を打ちつける。
「イッタ……」
「にらんでんじゃねぇーよ！」
容赦なく胸ぐらをつかまれ、体の小さなあたしは、地面に叩きつけられた。
「……いったいなぁ」
立ち上がろうとした瞬間に、彼女たちに囲まれる。
「そういえばさぁ、いつもアンタと一緒にいる茶髪の子ぉ、どぉしたのぉ？」
「美々ちゃんが何だっていうの？」
　あたしは彼女たちを下からにらみつける。
「そぉそぉ、美々って名前の子ぉ！　アイツも嫌いなんだよねぇ〜。いつもガンつけてきてさ。今日、一緒にシメよって思ったのにぃ」
　そんなことしたら、許さないから、絶対に。
「美々ちゃんに何かしたら……殺すからっ」
「アハハハッ……そんな顔でぇ、殺すとかぁ言われてもぉ。全然怖くないんですけどぉ〜」
「ひとりじゃ、アンタたち何もできないくせに……卑怯(ひきょう)だと思わないの？」
「うっせぇよ！　何なら、いまここでアンタを半殺しにしてあげよっかぁ〜？　みんな……やっちゃって……」
　後ろにいた女の子が、あたしの前にしゃがみこみ胸ぐらをつかんで、右手を振り上げた。
　殴られる……やめて……。
　あたしは、目をぎゅっとつぶった。
　その時、屋上の扉が開き、みんな振り向く。
「何やぁ……おまえら何してんねん」
　関西弁……？
「ちょっとぉ、だれぇ〜？」
　ひとりのギャルが、前に出る。
「……ん？　早くその子のこと、離せや」
　突然現れた、関西弁の男の子。

「ちょっと……あの人カッコよくない？」
「蒼くんのがカッコイイよぉ」
「えぇ～、アタシはあの人のが好みかもぉ。あんな人、この学校にいたっけぇ？」
彼女たちが、ヒソヒソ話をし始めた。
「俺の親戚（しんせき）のおっちゃんが、ここの理事長やねん……おまえら退学になってもええんか？」
「なっ！　退学!?　ねぇ、もう行こーよ」
彼女たちの顔色が急に変わった。
「離して……」
あたしの胸ぐらをつかんでいた手を離し、その子たちは逃げるようにその場から去っていった。
“殺す”は怖くなくて、“退学”は怖いんだ。
あたしは、うつむいて大きくため息をつく。
「あんな大勢で……タチ悪いなぁ～」
あたしは顔を上げ、背を向けていた彼に、声をかけた。
「あのっ……ありがと」
「おう」
振り返った彼は、背の高さは180センチはあるだろう。
金色の短髪。耳には５個のピアス。端整な顔立ち。
「おまえ……何か恨まれるようなことしたんか？　気ぃつけやぁ」
この力のある瞳。
あたしが間違えるわけない……。
見た目が変わっても、彼の顔を見間違えるわけがない。

彼は……間違いなく、彼は……。

「……っ……智也……」

驚きのあまり、手で口を押さえた。

「智也でしょ？」

信じられないけど、でも智也が目の前にいる。

「やっぱり生きてたんだね……よかった……」

涙がこぼれ落ちる。

「逢いたかったよ……智也」

「おまえっ……何で……」

あたしは、智也に思いきり、抱きついた。

「生きてたんだね……智也ぁーっ……」

５年前のあの日、あの海で死んだと思ってた智也が……。

今……目の前に……。

「ちゃうよ」

耳元で囁かれた低い声。

その時、勢いよく扉が開き、蒼とケンちゃんが息を切らしてやってきた。

「絢音……っ！　ハァ……教室にいないから探したじゃん。ていうか何で抱き……」

あたしは、あわてて智也から離れる。

「何泣いて……テメェ、絢音に何したんだよっ!?」

蒼が、勢いのあまり智也に殴りかかろうとする。

「やめてっ！」

あたしは、蒼の腕にしがみつく。

「……と、智也……？」

蒼の右手の拳は、宙に浮いたまま止まった。
「おまえもかい……せやから、ちゃうって……俺、智也やない」
金髪の彼は、深くため息をつき、あぐらをかいて座った。
「おまえら話も聞かんと騒ぎ立てて……どんだけやねん。この学校、ケンカばっかやなぁ」
彼は呆れたように笑う。
「ねぇ、智也でしょ!? あたし、絢音だよっ!? 忘れちゃったの？」
こんなにそっくりな人がいるわけない。
あの日から、智也が海に消えたあの日から、智也の顔……忘れたことなんてなかった。
「お、おまえ……絢音っちゅーの？」
「そぉだよ……智也ぁ。でも生きててくれてホントによかった。あたし……どんな思いで今まで……」
あたしは、智也の体を抱き締める。
「せやから、ちゃうって。そこのおまえと……おまえも座れや。誤解、といたるから。絢音も、泣かんで話聞きいや」
あたしと蒼とケンちゃんは、智也ではないという、金髪の男の子の前に並んで座った。
「俺の名前は、遊也(ゆうや)や。一ノ瀬(いちのせ)遊也！」
そう言って、金髪の彼はニコッと笑った。
一ノ瀬遊也……？
「俺はなぁ、智也の“双子の兄貴”や」
ふ、双子……？

「双子の……兄？　でも、あたしたちと同じ小学校じゃないじゃないっ！　それに智也に双子のお兄さんがいるなんて……聞いたことない……」

　頭が混乱してきた。

「それに智也と名字も違うじゃんか」

　蒼の鋭い指摘に、あたしも大きく首を縦に振ってうなずいた。

「小学校入る前にな、うちの親……離婚してんねん。智也は親父とこの町に残って、俺は母ちゃんと大阪に行ったんや」

　そうだったんだ……。

　智也だって……智也が帰ってきたんだって思ったのに。

「……ごめんなさいっ」

　あたしは、地面に頭をつけて謝った。

「智也が死んだのは……あたしのせいなの……」

「絢音っ……何言ってんだよ」

　蒼が、無理やりあたしの体を起こす。

「そいつの言うとおりや。何言うてんねん、絢音。しかしなぁ……智也のこと覚えてくれとったんや。ありがとーな」

　遊也は、穏やかな顔で、空を見上げた。

　まるで……智也に話しかけるかのように……。

　――キーンコーン、カーンコーン。

　休み時間の終わりを告げるチャイムが、鳴り響く。

「まぁこれも何かの縁ちゅーことで、よろしく頼むわ」

　遊也は立ち上がった。

「俺なぁ、引越し手間取って、学校今日から通い始めたんや。入学式間に合わへんかって……タダでさえ目ぇ付けられてると思うんや。高校生活はマジメにサボるつもりないねん。ほな、教室行くで……」

歩いていく、遊也を呼び止める。

「あのっ……！」

「何や？　絢音」

振り向いた彼の笑顔は、やっぱり智也にそっくりで、胸が痛んだ。双子だから似ているのは当たり前なんだけれど。

「何で……あたしのこと？」

知ってたの？

「智也から死ぬ前に、聞いとったんや。おまえに逢いたかったんや……逢えて嬉しいでっ」

そう言って、遊也は屋上を出ていった。

5年前の夏の終わり。

あの日のことが、鮮明に頭の中に浮かぶ。

智也………ごめんね。

ヤバい……足下(あしもと)がふらつく……。

――バタッ……。

その場に倒れ込んだら、立てなくなった。

症状が出るのが自分でわかる。

「おいっ！　絢音……っ」

発作が襲ってくる恐怖……。

「……ハァ……っ……っく……ヒッ……ヒッ……」

息が……息が……できない……。

「絢音っち……!?　おいっ！　蒼っ、死にそうだぜっ!?」

「ケン！　ドア開けてくれっ……大丈夫、過呼吸だ。保健室に連れてくから」

苦しい……。

「……ヒッ……うっ……っ」

「絢音……大丈夫。すぐによくなるからなっ」

蒼……いつもごめんね。

迷惑かけてばっかり……いつもこうなる。

あたし……蒼のこと、大好きだよ。

だけどね、蒼のことを幸せにできる自信がないの。

【遊也side】

「初日からツイてへんなぁ……」

俺は、授業中にもかかわらず教室を追い出され、廊下を歩いとる。

「はぁぁぁ〜何やねんもう〜」

数学のセンセー、俺の頭を叩きよった。

「しゃぁないやん？　引越しで、昨日ろくに寝てへんねんもん。あのセンセー、俺が理事長の親戚やって知らんのかいな……」

前から歩いてきよるアイツら……屋上で会うたさっきの男ふたりやん。

「おぉ！　おまえらぁ〜、授業はどないしてん？」

明るく声をかけた俺とは違い、そっけない返事が返ってきた。

「……これから」

何やこのイケメンボーイ……コイツはホンマに無愛想やな。

「遊也は？」

コイツは愛想ええけど……細くてサルみたいやな。

「授業追い出されてしもた。つか、おまえら名前なんちゅーの？」

「あぁ……わりぃ、言い忘れてたな。オレ、川畑健。んでこっちは、水嶋蒼」

サルみたいなんがケンで、イケメンボーイは蒼か。

「ケンと蒼か……っておいっ！」

蒼は俺を無視して、スタスタ歩いていってもうた。

「ごめんな……遊也。蒼、ホントはイイ奴なんだけどさ」

ケンは、そう言って蒼をかばっとるけど、どうも俺が嫌いらしいなぁ。

「イイ奴やて？　どこがやねんっ」

あの態度、間違いなく俺のこと嫌いな気がするんやけど。

「蒼もさぁ……絢音っちのことでいろいろあってさ」

「なぁ……ケン、聞いてもええ？」

「んー？」

「蒼と絢音って、付き合っとるん？」

何で俺……こんなこと聞いとんのやろ。

「付き合ってはないな……あいつら幼なじみで、今わけありで絢音っちの家に一緒に住んでて……そいで……」

幼なじみか。

「……でもお互い好きなんやな」

「遊也、何だよー。鋭いじゃんっ」

「はぁ？　誰が見てもそうやろ」

「まぁ……今いろいろあるからさ。でも付き合うのも時間の問題だと思うぜ？」

「ふ〜ん」

絢音かぁ……。

——ガラガラガラ……。

「失礼し……って誰もおらんやん」

俺は、保健室に仕方なく……仕方なくやで？　仕方ないから睡眠しに来たんや。

これじゃ中学の時と何も変わらへん。授業サボってばっかで……。こっちに引越してきて、変わるって決めたんやけどなぁ。

——シャッ……。

俺は、ベッドがある白いカーテンを開けた。

「やべっ」

誰か寝とる……女の子や。

何や、誰かと思うたら。

「……絢音やん」

絢音が、ベッドの上で横を向いて、静かに眠っていた。

「何や……絢音もサボり組かいな……」

　俺は、絢音を起こさへんように同じ布団の中にもぐり込み、絢音の横に寝っころがった。
「女の子とお昼寝できるなんて、今日はラッキーやなぁって絢音……？」
　絢音の目から、涙が流れとった。
「寝ながら……何泣いてんねん……」
　絢音の顔を見てた俺まで……。
　わけわからん……何でやろ。
　何で俺まで、悲しくなるんや。
　俺は、絢音の髪にそっと触れた。
　そんな泣かんでええやろ……？　何の夢見てんねん。
　俺まで……苦しくなってきたやんか。
「絢音……」
　俺は、寝たまま絢音を抱き締めた。
「……っ……とも……や……」
　俺の胸の中で、絢音の小さな声が聞こえた。
「起きたんか？」
「智也……っ」
　絢音は顔を上げ、俺の瞳をじっと見つめて、泣いとった。
「絢音？　しっかりせぇや……同じ顔やもんな……混乱するわな。遊也やで？」
「はっ……ごめん。あたし寝ぼけてたみたい……」
　絢音は、あわてて俺から離れ、背を向けた。
「……絢音？」
　ちっこい背中やな。弱々しくて。

　後ろからもう一度、抱き締めた。
　すごく……コイツが。
「おまえ……何でそんな苦しんでんねん……」
　愛しい……。

【蒼side】
「絢音……起きたのか……？」
　心配で授業に出るのをやめて保健室に戻ってきたら、ベッドの上で遊也が絢音を後ろから抱き締めていた。
「あ、蒼っ」
「絢音……」
　何あせった声出してんだよ。
「何でおまえがいんだよ!?」
　起き上がった遊也の胸ぐらをつかむ。
「ふざけんな」
「ちがうの、蒼」
　絢音は俺の腕にしがみつく。
「絢音には聞いてねぇっ！」
　俺の怒鳴り声で、絢音の体が大きくビクっと動いた。
「まぁまぁ落ち着けや。一緒に昼寝しとったんや」
「テメェ……絢音に近付くな！」
「はいはい。俺は大人やからな。ここは絢音のためにも大人しく帰るわ」
　コイツ何なんだ？　マジでムカつく。

遊也は俺をじっと見つめる。

「早く行けよっ」

「おまえら、付き合っとるわけちゃうんやろ？」

「おまえに関係ねぇーだろ!?」

「絢音はおまえのもん、ちゃうからな？　そこはよう……覚えときぃや」

——ガラガラガラ……ピシャンッ！

勢いよく閉まったドアに向かって叫ぶ。

「うっせぇよ！」

何なんだよ……アイツは。

「蒼……怒ってる？」

「当たり前だろ？　何でアイツがここに……」

俺はそっとベッドの上の絢音を抱き寄せた。

「おまえもしっかりしろよ。アイツは智也じゃない……遊也だ」

「……わかってる」

「わかってねぇよっ！　お前は何も」

まただ……また俺のせいで絢音をおびえさせた。

「……ごめん……絢音、悪かった」

俺は、絢音をもう一度、キツく抱き締めた。

「おまえが俺じゃない男に触れられたり、そういうの嫌なんだよ」

ごめん……。勝手なのはわかってる。俺の一方的な気持ちってこと。

「頼むよ……絢音……」

でも自分じゃ、抑えられない。

「……俺のモノでいてくれ」

絢音を、俺だけのモノにしたい。

「ごめん……蒼、離して……？」

俺の腕の中で、絢音の震える小さな声が聞こえた。

「絢音……」

「蒼……あたし、ひとりになりたいの」

俺は腕をゆるめ、絢音を離した。

「……保健の先生が戻ってくるまで、ちゃんとそこにいろよ」

「うん……」

俺は、保健室を後にした。

『おまえのもんちゃうからな？』

遊也の言葉が頭に残る。

絢音……おまえは、俺のことどう思ってる？

幼なじみ以上には、思ってくれないのか？

やっぱり俺……じっとなんて待てねぇよ。

高梨のことで、智也のことで、遊也が現れたことで。

おまえとの距離がどんどん遠くなっていく気がする……。

俺は、教室へ帰る途中、廊下の真ん中で女たちに囲まれてるアイツを見つけた。

「遊也く〜ん！　連絡先教えてぇ〜？」

騒ぐ女たちを横目に、俺は通り過ぎようとした。

「あ、蒼くんっ！　どこ行くのぉ？」

すると、知らない女に腕を引っ張られる。

「離せよっ」
　俺は、つかまれた腕を振り上げた。
「ひどぉ〜い。蒼くんてばぁ」
　俺がキレそうになった瞬間、遊也がさえぎった。
「おまえら、うっとしいっちゅーねん。俺はそこのイケメンボーイとお話するから、どっか行ってくれや」
　女たちは、ブツブツ文句を言いながら、去っていった。
「俺、話あるなんて言ったか？」
「おまえになくても、俺はあんのや……ちょっと来いや」
　遊也に連れられ、しぶしぶ男子トイレにやってきた。
　誰もいない男子トイレで、俺と遊也は向かい合う。
「何でトイレなんだよ……クセェし……」
「まぁ……クサイ仲っちゅーことで？」
　やっぱりこいつのこと、嫌いだ。
「何やねん……冗談も通じないんかい。イケメンボーイは」
「早く話せよ。今、おまえの顔なんか見たくねぇんだ」
　俺は、ズボンのポケットに手を突っ込んだまま、にらみつけた。
「……死んだ友達にヒドイ言い方するんやなぁ？」
　この遊也の薄笑いが、余計に俺を腹立たせた。
「おまえは遊也だろ」
「ハハハッ……」
　遊也がトイレ中に響くほどの、大きな声で笑う。
「俺が、もし智也やったら……おまえどうするんや？」
「はっ……？　おまえ何言って……」

　遊也は不敵(ふてき)な笑みを浮かべて、俺を見つめた。
「おまっ……何言って……」
　まさか……おまえ……。
「あの夏の終わり、あの海に消えたはずの智也の遺体は、見つかってへん。俺が智也でもおかしくないやろ？」
　確かに智也が死んだところを誰も見てはいない。海に消えていったと思っている。
「おまえ……智也なのか……？」
　ホントにそうなのか……？
「……俺が智也になったら……絢音は元気になるんかいな」
　遊也はそう言って、俺に背を向けた。
「んだよ……びっくりさせんなって」
　俺は深くため息をつく。
　智也なわけない。明らかに性格が違う。
「もう５年やで？　智也が死んでから。何で絢音、あんなに不安定やねん」
「絢音にかまわないでくれよ……頼むから」
「俺には少しわかんねん。絢音の気持ち。せやから……なんかアイツのこと、ほっとけへんねん」
「おまえっ」
「会ったばっかりやけどな……やっぱ双子やなぁ。女の好み似とるみたいやな」
「なっ……」
「好きになりそうや……絢音のこと」
　一瞬、遊也の姿が、あの時の智也と重なった。

“蒼……俺さぁ、絢音が好きなんだ”

　放課後、俺は絢音とケンと一緒に、高梨の家に向かっていた。
「絢音っち、マジ大丈夫かよ？　いきなり倒れんだもん。オレ、マジでビビッたし」
「うん。もう大丈夫。ケンちゃん、心配かけてごめんね？」
「友達だろ～？　心配すんの当たり前だろ？」
「ケンちゃん……」
「泣きマネすんなよ～。絢音っち元気じゃん。安心した」
「元気、元気～！」
　絢音が元気なフリをするのは、苦しい時ほどそうなんだよ。
　俺は、保健室以来、何となく絢音と気まずい雰囲気で、ケンと絢音の後ろを少し離れて歩いていた。
「蒼～っ！　何してんのぉ～？」
　絢音が振り向いて、俺を手招きする。
　絢音が何事もなかったかのように振る舞っているのが余計に辛かった。
「あ、あぁ……」
“好きになりそうや……絢音のこと……”
　俺は、遊也の言葉が頭から離れない。

　高梨の家の前に着いた。
　――ピンポーン……。
　インターホンを鳴らすと、玄関から、高梨の母ちゃんが出てきた。

「……いらっしゃい」

　高梨の母ちゃんも、だいぶやせてしまったように見える。

「こんにちは」

　俺たちは、軽く頭を下げる。

「あの子のこと、心配してくれて本当にありがとう」

「会えますか？」

　そうケンが聞くと、高梨の母ちゃんは微笑んだ。

「美々？　ケンちゃんたち来てくれたわよ？」

　――ガチャ……。

　高梨の部屋はカーテンが閉められたままで、昼間なのに真っ暗だった。

「美々ちゃん」

　布団にもぐり込んでいる高梨に、絢音は呼びかける。

「……絢音」

　起き上がった高梨は、具合が悪そうな様子だった。

　左手首には、包帯が巻かれている。

「……帰って」

「美々ちゃ……っ」

　絢音は、高梨に抱きついた。

「……絢音、ごめんね」

「美々ちゃん……何でぇ？　美々ちゃん何も悪くないし。あたしのせいで、美々ちゃんをこんな目に遭わせちゃって……ごめん」

絢音も、高梨も泣いていた。
「ごめん……帰って……」
「美々ちゃん……」
「まだアンタの顔見て笑えないから。アンタのこと傷つけちゃうから。だからお願い……帰って……」
「あたしのことは、いいよ。ねぇ、美々ちゃん……」
「お願いっ……自分をこれ以上、嫌いになりたくないっ。帰って……」
高梨……。
俺は何て声をかければいいのか、わからなかった。
高梨は、布団にもぐり込んで声を押し殺して、泣いていた。

高梨の家を後にすると、空は夕日でオレンジ色に染まっていた。
ケンと別れ、俺と絢音は帰り道を歩いてく。
斜め前を歩く絢音の背中が、とても小さい。
ひと言も話さない絢音。また傷ついているのかと思うと、俺はたまらなく辛かった。
「何で俺のこと、避けんの？」
「……避けてなんか」
「俺の気持ちが……迷惑とか？」
絢音が俺の方に、勢いよく振り向く。
「迷惑なんかじゃ！　迷惑かけてるのは、あたしの方……」
「んなことねぇよ」
「あたし……蒼のこと傷つけてばっかなんだもんっ」

　俺は絢音の腕を引き寄せ、抱き締めた。
「蒼……」
「もう……黙れ」
「蒼に迷惑ばっかりかけちゃうし、蒼のこと傷つけちゃうし、怒らせちゃうし……あたし……」
「黙れって言ってんだろ？」
「蒼のこと、幸せにできる自信ないんだもんっ！」
　絢音は、俺の胸で叫んだ。
「……いいよ」
　何だよ……そんなことかよ……。
「蒼……」
「俺はおまえが好きだって言っただろ？　ただ、おまえのそばにいたいだけ」
「……あたしなんかで……ぅぅ……ホントにいいのぉ……？」
「俺にはおまえしかいない……」
　おまえしか見えない。
　生まれた時から、いつもおまえがそばにいた。
　過去も現在も。そして、ずっとこの先の未来も。俺には絢音しかいない。
　絢音しか……愛せない。

【絢音side】
「蒼っ……好きっ」
　もう……自分の気持ちを抑えることなんて、できなかった……。

「絢音……？」

「……好きだよ……蒼。本当はずっと、小さい頃からずっと……大好きだった」

「……嘘だろ？」

「嘘なんかじゃない……美々ちゃんを想ったら、本当の気持ち言えなかった」

「そうだったのか……」

「……だけどあたし本当は……蒼だけをずっと見てきた……」

夕日に照らされて、黒い影がふたつ重なる。

あたしたち、やっとお互いの想いを伝えられた。通じ合えた。

キスはしょっぱくて、涙の味がした。

蒼しかいない……蒼しかいないよ……。

こんなあたしを、こんなにも愛してくれるのは、蒼だけだよ。

誰よりも……愛してるよ。

——ガチャ。

「あら、おかえり……どうしたの？　手なんかつないじゃって〜」

家の玄関を開けると、ママが立っていた。

やばっ……。

あたしたちは、あわてて手を離した。

「ハハハッ……絢音がそこで足つったんすよ。それで手を貸してただけっす」
「そ、そぉ～あたしドジで嫌になっちゃうよね～」
　蒼……ナイスフォロー。
「フフッ……まぁお父さんには、バレないようにね？　蒼くん追い出されちゃうかもしれないから……フフフッ……へぇ～そぉ～」
　ママは、楽しそうに台所へ戻っていった。
　ママにバレた……。
「おまえが嘘つくのヘタなんだよ」
「だってぇ……」
「追い出されないように気をつけないとな」
「うん」

　その夜、あたしはベッドの中で、なかなか眠れずにいた。
　美々ちゃん……。
　美々ちゃんの顔を思い出すと、涙が出てくる。
　時計の針は、午前１時を指していた。
　あたしは、毛布にくるまったまま、蒼の部屋のドアをノックした。
　――コンコン……。
　もう……寝てるかな。
　――ガチャ……。
「……どうした？」
　ドアから、蒼が上下スウェット姿で出てきた。
「一緒に寝てもいい？」

「なっ!?　おまえ……」

　蒼が顔を赤くして照れている。

「ヘンな意味にとらないでよぉ……もぉ」

「ビックリさせんなって……どうしたって、そういう意味にとるだろ？」

「違いますっ！」

　蒼の布団に、ふたりで寝っころがった。

　部屋の電気は消えているのに、月明かりが部屋を照らし、蒼の顔はハッキリと見えた。

　ドキドキする。さっきは勢いで告白しちゃったけど、蒼の顔を見るとやっぱり照れる。

「ねぇ……蒼。美々ちゃんと、もう前みたいに戻れないのかなぁ」

「高梨は、もう少し時間が必要かもな。でもおまえがあきらめたら、ダメだろ？」

「うん……」

「おまえら親友なんだろ？　信じようぜ？」

　いつもそうだった。

　道で迷うあたしに蒼は、指をさして、あたしを引っ張ってくれた。

　あたしは、いつもどんな時も、蒼の言葉を信じて生きてきた。

　蒼の手があたしの髪に触れる。

「俺も逃げるのやめるよ」

「何から？」

「おまえの閉ざした心から。遊也が現れて、混乱した？」

「……うん」

あたしの手を、蒼の大きな手が、握り締める。

「５年前のあの日、智也と何があった？」

ずっと……誰にも言わずに隠してきたこと。

「俺と一緒に乗り越えよ。じゃないと俺、絢音にずっと罪の意識感じたまま過ごすことになる」

「何で蒼が……？」

「絢音が話してくれたら話すよ」

逃げるのは、もう……やめにしよう。

いつまでも自分を守るのはずるいことだって、わかってた。

「５年前のあの夏の日……」

あたしは、目を閉じて……蒼に話し始めた。

小学５年生の夏休み最後の日、智也に誘われて、あの海に行った。

海が見たいという智也は、浜辺にずっと座っていた。

あたしは、波打ち際ではしゃいでた。

そんなあたしを見て、智也は優しく微笑んでた。

『智也も手伝ってよぉ～！』

『アハハッ……絢音ヘタクソだな』

ふたりで砂のお城を作ったり、あたしのために綺麗な貝殻(かいがら)を集めたりしてくれた。

時間を忘れるほど、楽しかった……。

そしていつの間にか、夕陽で空一面がオレンジ色に染まり、海がキラキラと輝き出した。

砂に文字を書いては、波に消され……そんなことをずっとくり返していた。

『絢音さぁ……蒼のこと好きなの？』

『な、いきなり何？　智也……えっ？　何言ってるのっ？』

人に聞かれると恥ずかしくなって、ごまかした。

——ザザザーッ……ザザザーッ……。

静かに流れる波の音。

——ザザーッ……ザザザーッ……。

『あのさ、俺……絢音のこと好きなんだ……』

智也は、一点の曇りもないまっすぐな瞳で、あたしを見つめた。

——ザザザーッ……ザーッ……。

沈黙が流れる。

波の音だけが、砂浜に響き渡っていた。

『……ごめん……智也。あたし、小さい頃からずっと……蒼のことが好きなの』

智也の告白に驚いたのもあったけど、誰かに蒼が好きってことを話したのは初めてで……あたしは、どんどん速くなっていく胸の鼓動を感じていた。

『そっか……やっぱり……』

智也の落ち込んだ顔を見て、あたしは何とか元気になってもらいたくて……それで……。

沈黙は嫌だって思った。何か話さなきゃ……だから……。

『そ、そうだっ！　夏休みの宿題で、将来の夢っていう作文あったじゃない？』

何か話さなきゃって……だから……。

『智也の将来の夢って、なぁに!?　聞いたことなかったよねっ？　あたし、あの質問いつも悩むんだよね～』

『将来……』

『だ、だってさ？　大人になったらやりたいことなんて、たくさんありすぎるじゃないっ？　ドライブだってしたいし～、世界一周だってしてみたいし、保育士さんとか、ケーキ屋さんにもなってみたいしさっ？　いっぱいあって……悩んじゃうじゃん？』

智也は、夕陽がまぶしくて、目を細めているんだと思った。

けど違った。

あたしは言ってはいけない“ひと言”を智也に言ってしまったんだ。

あたしが、智也を殺したんだ。

『……俺に未来はないから』

智也は、小さな声でそう言った。

それからどれくらい海を見つめていただろう。

『絢音は、先に帰って。家の人……心配するだろうから』

『智也も一緒に帰ろうよ』

『絢音にフラれたし……カッコ悪いとこ見せたくないんだ。これから俺泣くかもよ？』

『智也……そんな……』

『嘘、嘘……夏休み最後だしさ。海辺で星とか、ひとりで見たい気分。俺、なにげにロマンチストだし……』

智也の、最後の笑顔だった。

『絢音……じゃぁな』

智也の、最後の言葉だった。

「あの後、智也から電話がかかってきた時に出ていれば、智也を失わずにすんだかもしれない」

家に帰ってきてから、あたしのケータイに智也からの着信があった。

蒼が目の前にいたから、蒼に智也とのこと誤解されたくなくて、後でかけ直そうと思った。

ひどいことをした。

智也がどんな気持ちだったか、今ならわかるのに。

小学5年生のあたしには“死”なんて……遠いものだった。

「電話出なかったからって、絢音のせいじゃないだろ？」

「後から担任の先生から聞いたの。智也は病気だったって。あと1年、生きられるか、わかんない状態だったって……あたしにそう言った」

未来が欲しくても、手にできない……そんな智也に。

あたしは、将来の夢を笑顔で聞いてしまった。

「蒼……あたしのせいで智也は死んだの。生きたくても生きられない……。そんな智也に、あたしは未来の話をした……」

あたしの罪は決して許されることはない。

だって人を殺した。

「智也が死んでから、絢音さ……小6の終わりまで睡眠薬なかったら眠れなかっただろ？」

「うん……」

精神的なものから来る不眠症と診断された。過呼吸もそうだった。

「小学校の卒業式の後、おまえあの海で……この前みたいに死のうとしたよな」

智也への罪の意識から、心がコントロールできなくなってた。

苦しくて、あたしは、あの時も……生きることから逃げ出そうとした。

「俺の罪は、俺があの時に言った言葉だよ。おまえを今まで苦しませたのは俺だ……」

あの時……蒼が海に入っていくあたしを、必死に止めて言った言葉……。

小6……卒業式の後、あたしはあの海へと向かった。蒼が後をつけてきているのも知らずに。

――ザザザーッ……ザザザーッ……。

服のまま海に入ってく。

『絢音っ……何してんだよっ』

『離してってばっ！』

あたしの後をこっそり追いかけてきていた蒼が、あたしの手をつかんだ。

『今ここで絢音が死んだら、俺もおまえと同じ苦しみを味わうんだっ』

『……蒼』

『死んだのは智也だろ……あれからずっと、おまえまで死んでるみたいだよっ！』

——ザザザーッ……ザザザーーッ……。

『智也はもういないけど、でも俺たちの中で、ずっと……生き続けるんだよ……』

『……っ……うぅ……』

『俺が一緒にいるじゃん……死ぬなんて考えんなよ……』

『生きてるのが……苦しいのよぉーっ！』

泣き叫んで、蒼の手を振り切った。

海の中であたしたちは見つめ合う。

『俺だって……智也が死んだことは悲しいんだよ……』

蒼は唇を震わせ、涙をこらえていた。

『おまえは……智也を悲しんで泣いてんのか？　違うだろーが。今の絢音は自分が可哀想で泣いてるだけだろ！　弱さから、逃げてるだけだろーが！』

蒼の言葉で、目が覚めた。

泣いていいのは、あたしじゃない。

あたしは逃げてたの。怖くて、現実から逃げていただけ。

自分を守り続けてただけ。

蒼はそのことに気付かせてくれた。

蒼はあたしを抱き締めて、優しく頭をなでた。

「あの時……俺が絢音にあんなこと言ったから。だからずっと、元気なフリしてたんだろ？」

　蒼は何も悪くない。本当のことだったもの。

　あたしは自分から、自分の弱さからいつも逃げていただけなの。

「ごめんな……あの時は俺、必死で……」

「違うよ……蒼。あの時、蒼がいてくれたから。蒼の言葉があったから、あたしは今日まで生きてこれたの。だから、そんなこと言わないで……お願い……」

　蒼の頬にそっと触れた。

「蒼は何も悪くないよ」

　フリなんかじゃない。元気にしなきゃいけないと思ったの。

　あたしは自分を可哀想なんて思っちゃいけないと思ったから。

「蒼……キスしよ……」

　触れる唇……。

　あたたかい温もり。

「ずっと一緒にいてね……」

「当たり前だろ」

　この手を、離さないで。

　強くなろうと思うのに。弱さから逃げちゃいけないのに。

　頭ではわかっているのに、何度も何度も自分に負けそうになるの。

　蒼は、辛い過去の記憶も、苦しみも、悲しみも。

一緒に抱き締めていこうと言ってくれた。

蒼は、こんなあたしを愛してくれた。

愛がこんなにも心を安心させるものだってこと。

知らなかった。

人を強くするものだなんて、知らなかった。

蒼は、ふたりでひとつだって言ってくれた。

すべて分かち合える。そんなふたりになろうと、蒼は、手を握って、約束してくれた。

──ガタッ……。

朝。何かの物音で、目が覚めた。

「……ん？……蒼？」

眠い目をこすりながら、ぼんやりと周りを見つめると、蒼が立っていた。

「わりぃ……起こした？」

蒼が、ジャージに着替えている。

「あれ？　今日……日曜日だよね？」

「部活。朝練あるんだ」

あたしは、ゆっくりと起き上がった。

「ふぁぁぁ……いってらっしゃい……」

あくびをしながら、手を振る。

「それだけかよ」

「えっ？」

「いってらっしゃいのキスは？」

「なっ……！　蒼のバカ」

「……んだよ」

　スネた顔も可愛い。

　蒼は部屋から出ていった。

　蒼と恋人になれたってこと、まだ夢みたいで調子が狂う。

　胸がドキドキしてる。

「絢音……？　蒼くんの部屋で何してるの？」

　驚きのあまり、一瞬動けなくなった。

「ママ……何でもないよぉ……」

　部屋の前で、ママが満面の笑みで立っている。

「いい天気だし、蒼くんのお布団干すから、どいてちょーだいっ」

「わ、わかった」

「いいわね〜っ。若いって」

「ママっ！」

　完全に楽しんでるよね、ママ。

「あたしも出かけてくるっ」

「あら。どこへ？」

「大切な人のところっ」

　あたしが向かったのは、あの海。

　智也に、ちゃんと逢いに行かなきゃ。

　――ザザザーッ……ザザザーッ……。

　空は穏やかに晴れて、春らしくポカポカと暖かい。

　この前来た時とは、全然違う。

　気持ちも、目に映る風景も。

——サクッ……サクッ……。

砂浜を歩いていく。

智也の好きだったラムネを買って、鮮やかな紫色の紫蘭(しらん)の花を持って………。

智也に逢いに……。

「……遊也？」

波打ち際にたたずむ金髪の少年、それは遊也だった。

「……何や……絢音……」

もしかして遊也、泣いてた？　遊也の目が赤い。

「遊也も……智也に会いに来たの？」

「アイツが死んでから、一度しかここに来てへんかったんや」

「そっか……あたしも智也に会いたくなったから……」

砂浜にふたり、並んで座った。

——ザザザーッ……ザーッ……。

どこまでも続く……大きな海のどこかに智也はいる。

「昨日と違って、元気そうやな……安心したがな」

「昨日はその……保健室でごめんね？　寝ぼけてて……」

「死んでから5年も経っとんのに……アイツを覚えててくれて、泣いてくれる子がおるなんて……アイツも幸せやで」

遊也が白い歯を見せてニッと笑う。

「これ懐かしいなぁ～。子供の頃よく飲んだやつやん」

遊也は、ラムネのビンを持って嬉しそうに微笑む。

「遊也は、知らない？　智也ね……ラムネ大好きだったんだよっ」

「知らんかったわ。智也と離れて暮らしとったし。アイツが何が好きやったとか、趣味は何やったか……ほとんど知らんままや」

　遊也……。

　そっか……両親が離婚して、智也とは離ればなれで暮らしてたんだもんね。

　そんな遊也に、あたしは智也との楽しかった思い出や、学校でどんな話をしたかなど、覚えていることすべてを話した。

「ありがとうな……」

　遊也は、時々声に出して笑ったりして、あたしの話を最後まで聞いてくれた。

　遊也の姿がときどき、智也の姿と重なったりもした。

「なぁ……絢音、アイツは病気やったんや……」

「知ってたよ……病気だったことも、余命を宣告されてたことも……智也が死んだあと聞いた」

「お前は何で自分を責めとるん？」

「……ホントに……ごめんなさい……」

　遊也に、小５の夏休みの最後の日。

　智也が死んだあの日のことをすべて話した。

「あたしの言葉が、“欲しくても手に入らない”……そんな絶望を智也に与えてしまったと思う……」

「ちゃうよ」

「ごめんなさい……っ……ぅぅ……」

「ちゃうってっ！」

遊也は大きな声で叫び、あたしの両肩をつかんだ。

「俺のトコにかかってきた、智也からの最後の電話はな……おまえの話やった……。好きな子がおる、初恋や言うねん。その子といると、病気のことも忘れられる。明るくて元気で、笑顔が好きやって、そう言っとったんや」

「……っ……ぅぅ……っく……」

「名前は、"絢音"って言っとった。智也は幸せなまんま死にたかったんやろ。おまえとの楽しい思い出抱えたまんま眠りたかったんやろ。きっと……海に誘ったんも、最初からそのつもりやったんや……」

「ごめんなさい……っ」

「双子やからな……アイツの気持ちわかるんや。せやからおまえは悪くないって言えって、智也が言うてんねん」

「……ぅぅ……っ……遊也……ありがとぉ……」

あれだけ苦しかったのに。

5年間ずっと苦しかった心の奥の何かが不思議とすっと消えていった……。

「絢音……その紫色の花、何？」

あたしは、紫蘭の花を手に取った。

「これはね、紫蘭っていうの。花言葉はね……"あなたを忘れない"」

「ええ言葉やな……」

あたしは、紫蘭の花束を、海に流した。

智也……忘れないよ。絶対に……。

「誰かの……いちばん幸せな記憶の中に、自分も生き残っとったら。幸せな人生やと思わへんか……？」

「遊也……」

「せやから……智也への償(つぐな)いや罪やと思わんで、アイツを絢音の中の、幸せな思い出や記憶の中に生かしておいてやってくれへんか……？」

智也と過ごした教室。智也と遊んだ公園。智也と来たこの海。

楽しかった記憶もたくさんあること、あたしはずっと忘れてたのかもしれない。

あたしの記憶の中で、幸せな思い出の中で、智也は、笑ったり泣いたりして、生き続ける……。

「俺の母ちゃんな、去年死んだんや」

うつむいたまま、小さな声で遊也はつぶやいた。

「えっ……どうして……」

「俺な、母ちゃんに引き取られたやろ？　母ちゃん体弱いのに、ムリして仕事しとったし……」

遊也の声が震えている気がした。

「俺は、智也と違ってイイ子やなかったんや。悪さばっかりしとってんな」

「遊也、不良だったの……？」

見た目からして、なんとなく……そういう感じしてたけど。

「まぁ、警察に何度か捕まったりもあったんや……母ちゃんに迷惑ばかりかけとった。中３の時、学校で土下座しとる母ちゃん見て、泣いてもうて……そん時、めっさ後悔したんや」
「イイ子になろうとしたの？」
「そう思うた時にはもう……手遅れやったんや」
　顔を上げた遊也の目からは、涙が流れていた。
「それこそ……ほんま俺が死なしたようなもんや」
「遊也……」
　遊也もあたしと同じように、自分を責めて生きてきたんだ。
「こっちに来たんは、父ちゃんの兄貴が、うちの学校の理事長やねん。人生やり直すために受験したんや」
「じゃぁ……今お父さんと一緒に？」
「ちゃうよ。父ちゃんは智也が死んでから、すぐに再婚した。新しい家族おんねん。何年も会っとらん……俺はひとり暮らしや……」
　無理に笑ってみせる遊也の顔が、何だかとても悲しくて。
　蒼もあたしのこと、こんなふうに見えていたんだろうと思った。
「やり直して、母ちゃんに笑うてもらえるような立派な人間にならんとな……」
「遊也なら、できると思うっ！」
　心から……そう思う。だって遊也は優しいから。
　さっきの言葉で、あたしがどれだけ救われたか。
　人に優しくできる人は強い心がある人だと、そう思うから……。
　あたしも頑張ってみる。
「ありがとーな」

「理事長が親戚って、ホントだったんだね。あの屋上で女の子たちに対する脅しだったのかと思ってた……」
「親戚は理事長だけや。金出してくれとるし、感謝せなあかんわ。ただな、智也もおらん……母ちゃんもおらん……俺、ひとりぼっちなんやなぁって……」
　やっぱり……あたしが来た時、泣いてたんだ。
　遊也は見た目はチャラいけど、すごく繊細（せんさい）な心を持ってる。
「遊也は、ひとりじゃないよ。人は絶対にひとりでは生きていけないって、そう大切な人に教えてもらったの」
　そう……蒼が教えてくれた。
「あたしと友達になろっ？　蒼やケンちゃん……美々ちゃんだって。きっと遊也のこと好きになると思うっ」
　あたしは、遊也の両手を握る。
「……絢音の好きな人って……蒼やろ？」
「な、何で知って……」
「見とったらわかるやん」
　蒼への気持ちバレてたんだ。
　遊也があたしを見つめるから、恥ずかしくて目をそらした。
「おまえ、俺に似とるなぁーって、初めて会うた時から思っとった。おまえのこと好きになりそうやったんや」
　遊也は笑ってるけど、あたしは頭が真っ白なんですけど。
「……へっ……へっ？」
「何や？　そのマヌケな返事。まっ、ええわ。蒼とうまくやれや……おまえとは“お友達”になったるわ」

「遊也……」

「蒼の何がええの？」

「きっと、遊也も蒼のよさがそのうちわかるよ！」

「ほんまかいな……仲よくなれる気せぇへんけどな」

——ザッパーン……ザザザーッ……。

遊也が立ち上がり、波打ち際まで走ってく。

あたしは、その姿を見つめていた。

「絢音も来いや！」

座って眺めていたあたしを、笑顔で呼ぶ遊也。

あたしは立ち上がって、遊也のもとへ走っていく。

「冷たいってばぁ〜、遊也〜っ」

「くそっ……シャツ濡れたやろ？」

あたしたちは、波打ち際で水をかけ合って遊んだ。

たくさん笑った。たくさん笑えた。

もうあたしは大丈夫……ちゃんと笑えたんだから。

悲しい過去を嘆(なげ)くんじゃなくて、死んでしまった人を忘れるんじゃなくて、記憶の中で、幸せな思い出にすればいい……。

そう思ったら、少しだけ前に進めた。

大切なモノ

【蒼side】

「ただいまぁー！」

朝練を終えて帰ってきたら、絢音の姿はなかった。

おばさんに絢音の行き先を聞いたら、大切な人に逢いに行ったらしい。

おばさんも意地悪だな。俺がヤキモチ焼くのわかっててわざとそんな言い方してさ。

やっと昼過ぎに、絢音が家に帰ってきた。

「おうっ……ってか服濡れてね？」

「エヘヘッ。海で遊んでたから。まだ乾いてないみたい」

絢音は、服をパタパタとあおいでいた。

「海？　誰と……？」

「智也に会いに行ったらね、遊也がちょうど来てて……」

アイツ……絢音のこと好きになりそうとか言ってたけど、何もしてねぇだろうな……？

「ねぇ、蒼？　遊也と友達になったの。蒼も仲よくしてね？」

ゲッ……アイツと？

「ねっ？　蒼」

絢音が俺の腕をつかんだまま、目をじっと見つめてくる。

「……嫌だ。絢音……アイツになんか言われなかった？」

「な、な、何かって……？」

絢音、明らかに動揺してるな。

「……好きとか言われたんじゃねぇの？」

「な、何で知ってんのっ？」

　驚きすぎだろ。こっちがびっくりするっつうの。

「マジかよ……」

　遊也のやろう……油断も隙もねぇ。

「大丈夫だよ、蒼。遊也とは友達になったの。ちゃんと蒼が好きだってこと知ってるから」

「……そんなら、いいけど」

　俺は絢音を抱き寄せた。

「好きだよ……蒼……」

　そうつぶやいた絢音は、俺の背中に手をまわした。

　次の日、学校での昼休み。

　俺と絢音、ケン、そして遊也。

　俺たち４人は、屋上で昼飯を食っていた。

「あ〜、やっぱ体育の後の飯はうめぇな〜」

　そう言ってケンは、コーヒー牛乳の横にパンを６個も並べている。

「こんなに食えんのかよ……」

　俺は、パンを手に取り、首をかしげる。

　ありえねぇ……。でもケンが高梨のことでずっと食欲なかったから、大食いに戻って少し安心した。

「余裕で食える」

　ケンは幸せそうにパンを口に入れた。

「絢音の卵焼き、１コもらってもええ？」

なんでコイツと昼飯食わなきゃなんねーんだよ。

「いーよー。遊也、卵焼き好きなの？」

「……んっ！　マジうまいや～ん」

「そう？　もう1コあげるよ～」

絢音と遊也がイチャついてやがる。絢音の彼氏は、俺だぞ？　イラつく。

「どけよ」

俺は絢音と遊也の間を割って、無理やり座った。

「何や……イケメンボーイは、機嫌悪いみたいやなぁ？」

遊也が卵焼きを口に入れて、満足そうに笑ってやがる。

「その呼び方やめろ」

「蒼……おまえ、ヤキモチ焼いてんねやろ？」

「なっ……！」

「こんなことでなぁ～。小っさい男やなぁ。なぁ絢音、こんな男のどこがええねん？　俺にしといたらええのに」

「テメェ……遊也っ」

立ち上がって逃げる遊也を、俺は全力で追いかけた。

なっ……遊也、足速い……交わすのうまいし。

「ハァハァハァ……おまえ、その瞬発力……すげぇな」

俺は息切れしながら、膝を押さえて遊也を見上げた。

遊也は、すごく運動神経がイイと見た。

「ハァ……蒼の足の速さには……勝てへんよ」

遊也は体力が尽きたようで、仰向けに寝っころがった。

「はぁっ……何や気持ちええな。空がキレイや……どこまでつながっとんのやろ……」

寝っころがっている遊也の横に、俺はあぐらをかいて座った。

「そのセリフ、おまえに合ってねぇぞ？」

「何言うてんねん、ボケ。こう見えてロマンチストなんや」

「ハハッ……だから合ってねぇって……」

「絢音が言うてくれたんや。俺は、ひとりちゃうって。せやけど……それでもな、やっぱり逢いたくなんねんな。死んだ人は空におるって言うやろ？」

そう言って遊也は、ただ空を見つめていた。

「絢音から聞いた……おまえのこと」

自分が、“家族”と呼べる人が誰もいなくなったら、自分のことを“家族”と呼んでくれる人がいなくなったら……。

一体……どういう気持ちになるんだろう。

「どーしょーもないやろ……俺」

遊也が苦笑いで、俺を見る。

「こんなはずやないって……そう思うこと、たくさんあんねん」

「んなことねぇよ……おまえ頑張ろうとしてんじゃん」

珍しく真面目（まじめ）に話している遊也。

「そりゃ……絢音が好きやからな……」

「好きって……はぁぁぁ!?　フラれたんだからあきらめろよっ！」

俺は、遊也の体にまたがり、胸ぐらをつかむ。

「蒼はすぐカッとなるんやな」

白い歯を見せて笑う遊也に、怒る気がうせた。

「蒼が絢音を幸せにしとんなら邪魔せぇへんよ。せやけど、もしこの先、蒼が絢音を泣かせとったり、苦しませとったりしたら。俺、本気で絢音のこと奪うで？」

遊也の真剣な目に……俺は、手を離した。

「そんなこと、絶対にないから……」

絢音の笑顔は、俺が守るって決めた。

絶対に泣かせたりしない……。

「……なら安心や。俺もおまえと友達でおりたいし」

「フッ……俺、遊也と友達になった覚えねぇけど？　まぁおまえの瞬発力は認めてやるよ。おまえがサッカー部に入ったら、友達になってやってもいいぜ？」

俺は、遊也の手を引っ張り、遊也の体を起こした。

「嫌や。何でわざわざ頭ハゲさせなあかんねん」

「はっ？　俺はハゲてねぇよっ！」

ヘディングしすぎで、ハゲるっていいたいのか？

「わからんで？　おっさんなったら、ハゲ散らかっとるかもしんないやんか……」

「サッカー＝ハゲの考えやめろ！」

「イケメンボーイも冗談通じるようなってきたやんか……行くで？」

遊也のやろう。やっぱコイツ嫌いだ。

「蒼〜っ！　遊也〜っ！　昼休み終わっちゃうよぉ〜！」

絢音とケンのもとへ駆け寄る。

広く青い空の下で、俺たちは今日も。

それぞれ何かを抱えながら生きてる……。

【絢音side】

　放課後のチャイムが校内に鳴り響く。

　下校時刻になり、教室は騒がしくなった。

「蒼～っ！　今日は部活～？」

　あたしは鞄(かばん)を肩にかけ、蒼のところに駆け寄った。

「休み。……高梨の家、行くか？」

「でも美々ちゃんに来るなって言われてるし……どうすればいいと思う？」

　美々ちゃんにあんなふうに言われたら、行けないよ。

「お～いっ……おまえらぁ～。カラオケでも行かへん？」

　遊也が機嫌よさそうに、教室にふらっと入ってきた。

「ごめん遊也。今日はちょっと……美々ちゃん家に行くか迷ってるんだ……」

「迷うって何でやねん……友達なんやろ？　何、気ぃ遣ってんねん。その美々ってヤツ、何で休んでるん？　風邪かいな？」

　蒼とあたしは、目を合わせた。

「……それは」

「何……ふたりして黙っとんねん……」

　遊也が不思議そうにあたしたちの顔を交互に眺め、首を傾ける。

「おまえには関係ねぇよ」

　蒼は遊也に向かって冷たく言い放つ。

「蒼ってばぁ……！」

　もぉ……そんな言い方しなくてもいいのに。

「遊也は、デリカシーなさそうだしなぁ」
ケンちゃんが棒付きの飴を口にくわえながら、遊也の背後に立っていた。
「なっ！　ケン、おまえまでヒドイやないかぁ。俺は、めっちゃ空気読めるタイプやで？」
遊也は笑いながら、ケンちゃんの肩に手をかける。
「遊也……。あのね、実は美々ちゃん……風邪とかじゃなくて」
「ん。何や？」
「……心も体も傷ついてるんだ……美々ちゃん、どうしたら元気になるかな……」
「説明がアバウトすぎやっちゅーねん。……って蒼。おまえ何、人のイチゴ牛乳飲んどんねんっ！　まだひと口も飲んでへんかったのに」
遊也が持ってきたパックのイチゴ牛乳を、蒼が勝手に開けて、ゴクゴクと飲んでいた。
「ノド渇いたから。ってか、おまえがひと口でも飲んでたら飲まねぇよ……気持ちわりぃ」
「俺の大好きなイチゴ牛乳ちゃんを何、飲んでくれてんねんっ!?」
「遊也、何マジギレしてんだよ？　イチゴ牛乳くらい、このケン様が買ってやるぜ？」
「ほんまー？　俺、大好物なんや、イチゴ牛乳」
目がキラキラしてるね、遊也。
「くっだらねー」

蒼も本当にマイペースだけど……人のもの勝手に飲むのはよくないでしょ。

「蒼が悪いんでしょー？　反省しなさいっ」

あたしは蒼の頭をバシッと叩いた。

「蒼！　おまえなんぞ、イチゴ牛乳飲む資格ないわー！」

遊也がいつになく興奮してる。そんなに好きなんだ。イチゴ牛乳。

「そんな怒んなって。金払えばいいんだろ？」

蒼が呆れて、ポケットからお財布を出す。

「ちゃうっ！　金の問題ちゃうねん！　これは許せへん。他のことなら、ほとんど許せるけど、イチゴ牛乳だけはぜったいに許せへんっ」

遊也は、自分の金髪の髪をグシャグシャとかき回した。

「遊也……アホだろ」

ボソッとケンちゃんがつぶやいた。

「イチゴ牛乳はな、俺に幸せを与えてくれるんや……」

遊也が、微笑みを浮かべ妄想の世界に飛んでいった。

「アホくさ……全部飲んじった。ごめんな～」

そう言って蒼は、飲み終えたパックをゴミ箱に投げた。

「ナイスシュート！　俺」

蒼は、小さくガッツポーズをして教室を出ていく。

「蒼っ、おまえ！　待てやぁ～っ！」

はぁ……また始まった。蒼と遊也のケンカ。

ふとあたしは、ゴミ箱にグニャッと、つぶされているイチゴ牛乳のパックを見て、ひらめいた。

「……それだっ！」

あたしは、鞄を持って廊下を走ってく。

「お、おいっ！　絢音っち〜！」

ケンちゃんの声で、あたしは後ろを振り返った。

「ケンちゃん……！　美々ちゃん家に、先に行ってるねっ。蒼たちにも伝えといてっ」

「あ、あぁ……」

あたしは、駅前のドーナツ屋さんへと急いだ。

美々ちゃんが、喜んでくれますよーにっ！

あたしは、美々ちゃんの部屋にやってきた。

この前来た時と変わらず、カーテンが締めきられ、昼間なのに薄暗い、光のない部屋だった。

「絢音……この前あたしが言ったこと忘れた？」

ベッドの上に座っている美々ちゃんは、あたしと目も合わせずに冷たく言う。

「ごめんね。美々ちゃんの言ったこと覚えてる。それでもやっぱり……美々ちゃんに会いたいよ」

「……あたしの気持ちなんて……誰にもわかんないよ」

そう言って美々ちゃんは、下唇をかみ締めた。

「ねぇ、今日はね、美々ちゃんの大好きな駅前のドーナツ、買ってきたんだ。ふたりで食べよ？　はい、これ美々ちゃんの」

——ズキンッ。

美々ちゃんの手に触れ、手首の包帯を見るたびに胸が苦しい。

　あたしは、美々ちゃんの包帯を巻いてない方の手に、無理やりドーナツを持たせた。

　あたしは、大きなドーナツに思いきり、かぶりつく。

「……おいしっ！　ちょーおいしいよ。美々ちゃんも食べてよっ」

　あたしの笑顔に、美々ちゃんは呆れた様子でため息をついた。

　でも美々ちゃんも、ドーナツをひと口だけ食べてくれた。

「……何か……久々」

　美々ちゃん……ここのドーナツが大好物だもんね。

　少しだけ微笑んでくれた気がした。

「ねぇ、美々ちゃん……カーテン開けてもいい？」

「……開ければ？」

　薄暗い部屋が、パッと明るくなる。

「……あっ！　ヒコーキ雲だよっ？　美々ちゃんも見てっ」

　あたしは、窓の外の空を指さした。

　白い筋が消えていく……。

　あのヒコーキ雲のように、美々ちゃんの悲しみや苦しみが、空に溶けて消えてしまえばいいのに。

　ごめんね。ドーナツ買うことぐらいしか思いつかない、バカな親友で……。

「ごめん……絢音。何か疲れちゃった……」

　そう言って美々ちゃんは、ベッドに横になる。

「わかった……帰るね？　ドーナツあとで食べてね」

「……うん」
　ほとんど聞こえないほどの小さな声で、美々ちゃんは返事をしてくれた。
「じゃ……また……」
　あたしは立ち上がり、鞄を手に持ち、ドアノブに手をかける。
「美々ちゃん……あたしね、美々ちゃんに話したいことたくさんあるの」
「……話？」
「今度……聞いてくれる……？」
　美々ちゃんから返事はなかった。
“時間が必要だと思う”
　あたしは、蒼に言われた言葉を思い出していた。
　ゆっくりでいい。いつか美々ちゃんがまた笑ってくれるなら。あたしは何でもするよ。
「じゃ、おばさんまた……」
　そう言って美々ちゃんのお母さんに軽く会釈(えしゃく)をして玄関を出ると、ちょうど蒼たち３人がやってきた。
「絢音？　もう帰んのか？」
　そう言って蒼は、あたしを見つめた。
「う、うん。美々ちゃん、ちょっと疲れちゃったみたいで、寝ちゃった。だから今日はみんなも帰ろう？」
「俺まだ、美々ってヤツに会うてへん〜」
　遊也がダダをこねる。
「はいはい、また今度なぁ〜。じゃなっ」

　ケンちゃんが、遊也の背中を無理やり押しながら、帰っていく。
「大丈夫か？」
　蒼が、あたしの顔を心配そうにのぞき込む。
「うんっ。頑張るっ」
　あたしは、その後……１週間連続で駅前のドーナツを美々ちゃん家に持っていった。

「アンタさ……バカなの？」
　美々ちゃんは、呆れた様子で言った。
「えっ……」
「絢音が天然って気付いてたけど、それにしてもさ。確かによ、確かに中学の時に、あの駅前のドーナツ毎日食べたいわぁ～って言ったかもしんない」
　美々ちゃん……ドーナツ飽きちゃったのかな。
　１週間連続ってやりすぎたかも。
「ホントに毎日買ってくるバカ、どこにいんのよ……しかも毎日４コも」
　確かに……あたしも太った。
「この１週間キャンペーン中で、ドーナツ１コ、50円だったから」
「そういう問題じゃないって……はぁ……」
　美々ちゃんは、深くため息をついた。
「いくら好きでも、毎日だったら飽きるでしょ？」
「ご、ごめん」

　そうだね……あたしって本当にバカ。

「美々ちゃんの笑う顔が見たくて」

　ドーナツ食べてる時にほんの少しだけど美々ちゃんが笑う。

　それが見たくて、あの日から毎日ドーナツ買ってた。

　あたしじゃ笑わせることできないから、こんなことしか思いつかなくて。

　毎日違う味のドーナツ買っていってたから、お店のメニュー全部制覇しちゃった。

「んで……何？　あたしに話したいことあるって前に言ってたでしょ？」

「えっ……」

「聞いてあげる」

「美々ちゃんっ！……うんっ」

　泣きそうになった。

「美々ちゃん……あたし、前みたいに戻りたい。美々ちゃんとくだらないことで笑いたい。美々ちゃんがいない学校なんて、行きたくない」

「絢音……」

「あたしの親友でしょ？　美々ちゃんは」

　目にあふれた涙が、こぼれ落ちる。

「絢音さぁ……あたしと蒼くん、どっちが大切なの？」

「どっち……って」

　ふたりを比べたことなんてなかった。

「ケンから、ちょっと前に聞いたんだけど……付き合ったんだって？　蒼くんと。絢音は、蒼くんがいればいいんじゃないの？」

「そんな……っ」

「友情ってさ、何だろうね？　恋人には負けちゃうし。なんかすっごく、もろいじゃん」

美々ちゃんの目にも涙があふれていた。

「中学の時から、あたしのいちばんはずっと絢音だったのに……絢音のいちばんは蒼くんだったじゃん」

「そんなことないよっ！」

思わず、大きな声を出してしまった。

「蒼のこと小さい頃から好きだったよ？　彼女になりたくてずっと想ってたよ？　でも、美々ちゃんがいつも一緒にいてくれたんじゃん。“親友だ”って言ってくれたんじゃん……」

くだらないことで笑い合ってた。

イジメられた時、心配して支えてくれた。

蒼への想い、応援してくれた。

いつもそばで……。

「大切なモノは、ひとつじゃないんだもん……ふたりを比べたことなんてない。ふたりともあたしにとって、大切な人だよ……美々ちゃん」

——バンッ。

その時、部屋のドアが勢いよく開いた。

「絢音の言うとおりやでっ」

ドアを開けたのは、遊也だった。

後ろには蒼とケンちゃんがドアの前に座っていた。

たぶん……盗み聞きしてたんだ。

「ってか、アンタ誰？　人の部屋に勝手に上がり込んで……」

美々ちゃんが、遊也をにらみつけた。

「俺は、遊也や。今日からおまえの友達やっ」

遊也は美々ちゃんのそばに立つ。

「マジ意味わかんないし。逢ったこともないのに。何なの？」

美々ちゃんは、遊也に枕を投げつけた。

「美々ちゃん……ごめっ」

「絢音は、黙っとけや！」

遊也は真っ赤（まっか）な顔して、真剣だった。

「美々……おまえ絢音の言うとること、わからへんのか？」

「アンタ何なの？　何が言いたいの？」

遊也は美々ちゃんの包帯をしてない方の手首をつかんだ。

「大切なモノは、ひとつじゃないんじゃい！　おまえ……あんなに心配してくれとる母ちゃん、大切じゃないんか？」

「アンタに関係ないでしょ？」

美々ちゃんは、目をそむけた。

「アホか。関係あるんや。今日からおまえと友達になった言うとるやろ？　友達の心配して何が悪いねんっ」

「あたしは、アンタなんかと友達になった覚えないから」

「大切なモンに気付けるだけ幸せなんや。自分で大事にすること、できるんやから。大切やって気付く前に死なれたら……失ってから気づいたって、遅いんや」

遊也……智也やお母さんのこと言ってるんだね。

「絢音が美々のこと、大切やないって言うたか？　ちゃうやろ？　おまえと同じように、絢音もおまえのこと想っとんねん」
　あたしは、叫ぶ遊也の腕にしがみついた。
「もうやめて……遊也」
「おまえに何があったか、俺は知らへん。せやけど、こんな暗い部屋で一日過ごして、楽しいはずないやろ？」
「遊也……もぉいいから、やめて……」
　美々ちゃんが泣いてるの。もうやめて……。
「時間はどんどん過ぎていくんや。今日も二度とないんや。高校生活も、青春も今しかないんやぞ」
　遊也は、しがみつくあたしの腕を振り切り、美々ちゃんの両肩をつかむ。
　目をそらそうとする美々ちゃんを、遊也は真っすぐ見つめる。
「泣いてる時間……もったいないで？　どーせ同じ時間過ごすんなら、泣いてるより、笑ってた方がええやんか」
「……何なのよ……アンタ……」
「なぁ、美々……悲しいこと忘れ去るぐらい、俺らみんなで楽しいこと、たくさんしようや」
　遊也の笑顔を見て、美々ちゃんは小さくうなずいた。
「俺、遊也や。よろしくな、美々」
「……うん」
　美々ちゃんは、遊也に抱き締められたまま、泣いていた。
　ひとつ悲しいことがあったら、ふたつ楽しいことをすればいい。

　二度とない時間を、今日……いま、この瞬間を、笑顔で過ごせるように。

　悲しみは、笑顔で消してしまえばいい。

　遊也は、あたしたちに教えてくれた。

「全然……空気読めてねぇじゃん。なぁ？　蒼」

　ケンちゃんが嬉しそうに笑う。

「ホントだよなぁ。でも、おまえ暑苦しいけど、イイヤツじゃん」

　蒼が、遊也の髪をグシャグシャにする。

「暑苦しいやと？」

　遊也の言葉にみんな笑った。

　美々ちゃんも泣きながら笑ってた。

「ありがと……遊也」

　美々ちゃんの言葉に、遊也は照れて頭をかいていた。

「絢音も美々も……俺に惚れたんちゃう？」

「んーそれはないかなっ。フフッ……」

　そう言って美々ちゃんが楽しそうに笑う。

「何やねん、モテへんなぁ～、俺」

　遊也……ありがとう。

　遊也の言葉は、いつも誰かの心を前に進めるね。

　悲しみが多ければ多いほど、人に優しくできたりするのかな。

　ねぇ……遊也。

　遊也もちゃんと……笑えてるよね……？

夏、花火

【絢音side】

梅雨も明け、強い陽射しが肌をジリジリと焼きつける季節がやってきた。

高校生になってから、３か月が過ぎようとしていた。

「あ～つ～い～。教室にクーラー付けてほしい～っ」

あたしは、ノートをうちわ代わりにして、扇(あお)ぐ。

「ホント……もぉ～夏だね～っ」

美々ちゃんは、まぶしそうに教室の外を見た。

美々ちゃんは、あれから少しずつ元気を取り戻して、今では、蒼、遊也、ケンちゃん、美々ちゃん、あたしの５人でいることが、当たり前になっていた。

「夏祭り、今年もみんなで行くかぁ～。遊也も誘って５人でさ」

夏休み前に、ひと足先に浮かれ気分のケンちゃんが言った。

「そうしよぉーっ」

あたしと美々ちゃんは笑顔でハイタッチをする。

もうすぐ夏休みが始まる。

毎年この町が主催している夏祭りと花火大会を、あたしたちは、楽しみにしていた。

学校の帰り道、あたしたち５人はアイスを食べながら歩いていた。

「夏祭り？」

遊也の顔が、パッと明るくなる。

「そうそう！　花火も打ち上げられるの。遊也も行くでしょ？」

「何言うてんねや、絢音。行くに決まってるや〜ん」

すっごい浮かれてる。

遊也はお祭りとか、すごく好きそう。

「ここ何年も祭りなんて行ってへんかったからなぁ。金魚ごっつすくうたろやないかっ」

遊也の目が、めっちゃキラキラしてる。子供みたい。

「金魚すくいとか、おまえに負ける気しねぇ」

蒼ったらヘンなトコでライバル心、燃やさないで。

「蒼に負けるわけないやんっ。俺が絶対に勝つっちゅーねん」

「いーや、俺が勝つ」

また始まった……このふたり。

蒼と遊也は、相変わらずこんな感じ。

ケンちゃんと美々ちゃんも、このふたりのことは、放置で、ただ笑って見てる。

でも前よりもずっと。このふたりの仲がよく見えるのは、あたしだけ……？

蒼の異変に気づいたのは、その日の夜だった。

お風呂から上がったあたしは、髪をタオルで拭きながら部屋の前の廊下を歩いていた。

蒼の部屋のドアが少し開いてる。
「……うん……わかってる」
部屋から、蒼の話し声が聞こえてくる。
「わかったって……じゃ」
ドアの隙間から部屋の中をのぞくと、蒼はケータイを見つめたまま、何か考えている様子だった。
「……蒼？」
「うわっ！　ビックリさせんなよっ」
「ごめんっ。誰かと電話してたの？」
「ん？　あぁ……友達」
蒼は、目を合わせずに言った。
「そっか。あっ、お風呂入っていいよ？」
「うん」
最近、蒼はこそこそ誰かと電話で話している。
「蒼、何かマンガ貸して？」
蒼の背中に向かって話しかけた。
「勝手に持ってけよ……風呂入ってくる」
「うん……ありがと」
――パタン……。
蒼は、あたしを部屋に残し、出ていった。
床に置かれた蒼のケータイ。蒼は友達って言うけど、最近コソコソよく電話してるし……。
まさか……浮気!?
そんなぁ……嫌だよぉ。
首をブンブンと横に振る。

あたしは、蒼のケータイを手に取った。

どうしよ……気になる。

ケータイ見ちゃおっかな。

「ダメダメっ……信じなきゃ。蒼に限って、そんなことナイナイ」

どんなことがあっても、蒼を信じなきゃダメだよね。

あたしは、何もせずに蒼のケータイを床に置いた。

翌日、学校の女子トイレ内にあたしは美々ちゃんといた。

「う、浮気ぃーっ!?」

女子トイレ内に、美々ちゃんの声が響き渡る。

「し――っ！　美々ちゃん、声でかいって……」

「蒼くんが？　まさか……」

「浮気してるかも。かもだよ？」

信じるって決めたのに、すぐにまた不安になったり。恋って楽しいことばっかりじゃないよね。

「電話の相手聞けばいいじゃん。ずっと気にしてるよりいいと思うけどね？」

「友達ってしか言わないんだもん。それに束縛（そくばく）してるみたいじゃん？　重いって思われたくないし……」

蒼は疑ったりしたら、きっと怒ると思う。

「絢音と蒼くんはさぁ、近すぎるのかもね。学校でも家でもほとんど一緒にいるんだもん。しかも今は恋人だしさ……見なくていいことまで見ちゃうんじゃない？」

「うん……そうかも」

大好きな人といつも一緒にいられるなんて、こんな幸せなことない……。

けど人は、その幸せに当たり前のように慣れてしまう。

小さい頃から、ずっと一緒にいた。

幼なじみとしてあたしたちは出逢い、そして恋をした。

過去も現在も、そしてこの先に続く未来も。

蒼と一緒に、蒼のそばで。

そう……信じてた。

けれど、別れは突然やってくる。

運命には……逆らえない。

【蒼side】

4時間目の授業は体育で、生徒たちは全員、プールサイドに集合した。

よく晴れた夏の青空、白い入道雲、まぶしい太陽が照りつける。

プールサイドを歩くと、足の裏が焼けるように熱く、つま先だけで歩く。

「50mクロール用意……」

――ザッパーン……。

先生の笛と共に、俺はコース台から飛び込む。

絢音に何て言えばいんだろう。

どんな言葉を用意しても、傷つけるのには変わりない。

早い方がいいよな。

　絢音……俺はどうしたらいい？

　俺は……おまえと一緒にいたい。

「ぷはっ……」

　水の中から顔を上げ、俺はすぐにゴーグルを外し、プールサイドに上がった。

「水嶋、この後400mが待ってんだぞ？」

　そんながむしゃらに泳いで体力は残っているのかと、先生は言いたいのだと思う。

「余裕っす……センセ」

　そう言って俺は笑いながら、先生の横を通り過ぎた。

「なら、いいんだが」

　髪からしたたる水が、ポタポタとプールサイドに落ちる。

「ケ～ン！　遊也ぁ～！　おまえらマジメに泳げよ～っ」

　クロールだっつってんのに、平泳ぎをしてフザけているふたりに向かって俺は叫んだ。

　プールの授業が終わり、俺たち３人は屋上へとやってきた。

「あれ？　絢音と高梨は？」

　いつも昼休みになると、先に屋上で待っているふたりの姿がなかった。

「絢音と美々なら、コンビニにアイス買いに行く言うてたで？」

　そう言って遊也は、その場に肘(ひじ)をついて寝ころがった。

「マジかよ。俺のアイスも頼めばよかったな～」

　そう俺が言うと、ケンと遊也は俺の顔をじっと見つめる。

「な、何だよ？　ふたりして気持ちわりぃな。俺の顔に何かついてるか？」

ふたりの表情は真剣だった。

「蒼……何かあった？」

「俺ら、プールの時から、蒼のこと気になってたんや……」

「遊也まで何だよ。何もねぇって」

俺から視線を外さないふたりは、何があるか話すまで引き下がらないという感じだ。

「……はぁ。おまえら本当にうぜぇ……わかったよ」

こいつらにも話さなきゃとは思ってたし、いつまでも黙ってられることではないし。

「俺……アメリカ行く」

「ア、アメリカて……蒼、何やおまえ……実は外人やったんか……？」

本気なのか、ジョークなのか、わからねぇ。

「遊也に言った俺が、バカだった」

「遊也は、ほっといて……んで、続き話せよ？」

そう言ってケンは、呆然としている遊也に蹴りを入れる。

「親がアメリカへ来いってさ……最近ずっと電話来てて……」

「だって高校３年間は、絢音っちの家に住むってことなんじゃねぇの？」

「そのはずだったんだけど……母ちゃんが倒れたらしくて。もともと体弱いんだけどさ。それで親父が、アメリカに来いって。家族が離れて暮らすのは、やっぱよくないとからしくないこと言っちゃってさ」

遊也とケンは、黙って下を向いてしまった。
「絢音には言うたんか？」
「いや……何か言えなくて」
「そりゃ……そうやな。いつ行くんや？」
「夏休み最後の日に……旅立つ」
あと……１か月半。
タイムリミットは、あと１か月半だ。

放課後になり、俺は誰もいなくなった教室で学級日誌を書いていた。
「あぁ～。日直とか、マジめんどくせ～っ」
「……蒼くん」
「うわっ……！　びっくりさせんなよぉ……高梨……」
高梨が、俺の前の席に座った。
「ちょっと聞きたいことあって……絢音いるとこじゃ聞けないし」
「アイツ帰ったの？」
「うん。先に帰った」
高梨は、俺の顔をじっと見つめる。
「蒼くんさ……もしかして浮気してる？」
「……はっ!?　んなわけねぇだろ。いきなり何言い出すかと思えば……」
「絢音が最近、蒼くんの様子がおかしいって……浮気してるのかもって気にしてたよ？」
「高梨はさ……俺が浮気なんてすると思うわけ？」

「まぁ……ないだろーね。どっからどう見てもバカップルだし」
「バカップル言うな」
「まっ、一応ね？　聞いただけよ。スッキリした。じゃーねっ！　部活頑張って」
　笑顔になった高梨は、席を立った。
「……高梨。俺、どうしたらいいかな」
　俺は下を向いたまま、つぶやく。
「えっ……？　何？」
　俺は99パーセント、アメリカに行くと決めた。
　けど残りの1パーセント……ホントはまだ迷ってる。
「蒼くん？　どしたの？」
「アイツの泣き顔……見たくない……」
　絢音の笑顔を守るって、そう決めたはずなのに。
　俺は、高梨にアメリカに行くことを話した。
「蒼くんが行っちゃうなんて……あたしも淋(さび)しいよぉ」
　高梨が、俺の腕をバシバシ叩く。
「ハハッ……さんきゅ」
「ケンも遊也も淋しがったでしょ。でも心配なのは……絢音だね」
「生まれてからずっと一緒にいたからさ。離れたことなんてないし。アメリカ行くこと言ったら、アイツどうなるのかなって」
　絢音の心がまた、壊れてしまうんじゃないかって……。
「絢音は蒼くんに依存(いぞん)してるからね……。でも早く言わないと、あと1か月半でしょ？」
「あぁ……」
「別れるわけじゃないし、早く話して、ふたりでいられる時間を大切にした方がいいんじゃない？」
　高梨の言葉を聞いて、目が覚めた気がした。
「そうだよな……俺がシッカリしないとな」
　好きだったら、距離なんて関係ない。
　この想いがあれば、離れても平気だって。
　俺は思いたかった。

【絢音side】
　夏の夜は……何か好き。
　爽やかな風が風鈴（ふうりん）を揺らして、チリンチリンと音を鳴らしている。
　その音に合わせて草むらにいる虫たちも鳴いているみたい。
　今日も夜空には星が見える。
　縁側（えんがわ）に座り、蒼とふたりで、スイカを食べていた。
「おじさんとおばさんは？」
「今日ね、高校の同窓会（どうそうかい）だって。帰り遅くなるって言ってた。いっぱい飲んでくるんじゃない？」
「そっか……おじさんとおばさんって、高校から付き合って結婚したんだっけ……」
「そうだよっ。あぁ〜、スイカで手がベトベト……なっ！」

蒼が、あたしの指を舌でペロリとなめた。

「ちょっと……」

やめて……心臓が爆発する。

「スイカの味」

「そりゃそーでしょ」

目と目が合って……そのまま目をゆっくり閉じた。

星空の下で、甘い甘いキス……。

手をつないだまま、蒼の肩に寄りかかって、星を見てた。

「星……きれぇーだね」

「ん……」

ずっと……こうしていたい。

「昔さぁ……星に名前つけたよね……」

小さい頃、ふたつ並んだ星につけた名前。

「そぉーだっけ……？」

「蒼は覚えてないかぁ。ずーっと一緒にいるよって。あのふたつ星みたいに、いつも一緒にいるよって……あたしが蒼にそう言ったの」

星を見上げる蒼の横顔を見つめた。

「蒼が幼なじみでよかった……」

「……今は彼女だろ？」

「うん……幸せ。蒼とこうして一緒に暮らせるなんて、夢みたい……」

夢のように幸せで、この夢がいつか覚めてしまうんじゃないかって、そんな不安さえも、つないだ手のぬくもりがぬぐい去ってくれる。

　蒼があたしをぎゅうっと抱き締めた。

「どうしたの……蒼……」

　そんなに強く抱き締められると、蒼の顔が見えない。

「蒼？」

「……ちょっとだけ……こうしてていいか……？」

　蒼の腕の力が、すごく強かった。

　まるで、あたしにどこにも行くなと言ってるみたいに。

「……好きだよ……絢音」

「……あたしも」

　星だけが、あたしたちを見ていた。

　蒼が浮気なんてするわけないよね。

　蒼が誰と電話してようと、もう気にするのやめよう。

　蒼が、あたしの手を握ってくれる。

　あたしの髪をなでてくれる。

　抱き締めて、キスしてくれる。

　蒼の温度を感じていれば、不安もすべて、消えてくれる。

　いつも想うことは。

　蒼が、だいすき。

　ただ……それだけ。

　その後は何ごともなく、高校１年目の夏休みに入った。

「絢音～？　髪できた～？」

　部屋の向こうから、ママの声。

「ママーっ！　もう少し～っ」

　７月の最後の日、今日は夏祭り。

あたしは浴衣(ゆかた)を着ていくため、支度(したく)をしていた。
浴衣はママが着せてくれる。
「蒼は浴衣、着ないの？」
ソファでのんびりしている蒼。
「俺ねぇもん……いいよ、普通の服で」
「ちぇーっ。蒼の浴衣姿……見たかったぁ……」
小さい時以来、蒼の浴衣姿を見てない。
絶対カッコイイのに……。
「ほっぺふくらませてねぇで、早く着替えてこいよ。待ち合わせ遅れんぞ？」
「はぁーい」
やっば……！　待ち合わせまであと20分だ。
急げぇ〜あたし〜。
「あんまり遅かったら絢音のこと置いていくからな？」
「えー！　待っててよぉー！」
出かける前からあわただしくて、汗びっしょりだ。

「蒼、おまたせっ」
白に近い薄ピンク色の生地に、小さな花柄がちりばめられた浴衣を着て、帯は赤にした。髪はひとつにまとめてアップ。髪飾りをつけた。
「どぉ？　カワイイ？」
あたしは蒼の前で、くるんと回った。
「別に……毎年見てるし……」
それを聞いたあたしは、頬をふくらませた。

「可愛いんじゃん？」

「ふふっ」

照れた様子の蒼の言葉を聞いて、あたしは満足げに笑った。

「早く行こっ」

「おぉ」

あたしは、蒼の手を引いて玄関へと向かう。

「いってきまぁ〜すっ」

年に一度の夏祭り。あたしはずっと楽しみにしてた。

夕暮れ時で、空が綺麗なオレンジ色に染まっている。

カラン、カラン……と聞こえる下駄(げた)の音。

「あーっ！　来た来たぁ〜このバカップルがぁ〜。遅いぞぉ！」

公園の前で、美々ちゃんが叫んでいる。

「ごめーんっ……みんな……」

すでに遊也もケンちゃんも、待っていた。

「美々ちゃん可愛い〜っ！　浴衣買ったのぉ？」

黒地にピンク色のユリの柄で、帯もピンク色……大人っぽい美々ちゃんにすごく似合っている。

「今年買ったんだぁ。似合う？」

美々ちゃんが袖を持って、くるりと回る。

「ちょー似合ってるっ」

「ありがとっ。絢音も可愛いよっ」

ふたりで笑い合った。

「はいはーい……可愛いおふたりさん？　そろそろ行くで？
俺、腹へったんやけど」

遊也はあたしたちの浴衣姿なんて、まるで興味なさそう。

それよりお祭りの出店が楽しみで仕方ないみたい。

「行こっ」

５人で、祭りの会場に向かって歩いた。

夏祭り。花火。

５人で過ごす、楽しい思い出になるはずだった……。

お祭りの会場に着くと、出店がたくさん並んでいる。

「うわぁ〜っ！　人たくさんいるね……」

人の多さは毎年だけど、やっぱり驚いてしまう。

カキ氷、たこ焼き、ヤキソバ、お好み焼き、ソースせんべい、焼き鳥、りんご飴(あめ)……。

「全部食べたいよぉ」

「おまえ……これ以上太ったらみっともねぇぞ？　チビなんだし……」

──ボフッ……。

蒼がいじわるを言うから、お腹に思いっきりヒジ鉄を食らわせた。

「イッテぇ……絢音っ！」

「べーだっ」

どーせ、チビですよーだっ！

「おまえら、ケンカすんなや。蒼、金魚すくい対決やるで？」

「負けねっ」

根っからの負けず嫌いな蒼と、大阪からやってきたアツい男、遊也の金魚すくい対決が始まった。

「負けたら、たこ焼きおごりな？」

「負けへんわっ」

とっても真剣なふたり。

そばにいる幼稚園児たちも見守っている。

「よーい、始めっ！」

お店の人の威勢(いせい)のいいかけ声で、ふたりの勝負は始まった。

そして、3分後。

金魚すくい……勝者は、遊也。

「へっへっへ……俺が負けるわけないやろ？　アホ。蒼のおごりやんな？」

「はいはい……わかったって」

蒼は、何かすごく悔しそう。

ふたりはすくった金魚を、そばにいた子供たちにあげていた。

「ちょっと俺ら、抜けていい？」

「えっ？」

ケンちゃんがいきなり美々ちゃんの手を引っ張り、連れていってしまった。

「いよいよやんな……」

遊也はひとりでうなずいている。

「「な、何が？」」

蒼と声がかぶってしまう。

「何やおまえら、気付いてへんかったんかい」

えーっと……何が？

「ケンが、美々に告白するんや」

「「こ、告白っ!?」」

蒼と驚いて目を合わせた。

「ケンちゃんて……美々ちゃんが好きだったの……？」

「おまえら……ほんま鈍感(どんかん)バカップルや……」

そして、神社の階段前。

周りには誰もいない。

あたしたち以外は。

「つけてきちゃったけど、のぞきなんて趣味悪いよね？」

「何おまえだけ、イイ子ぶってんねん」

「しっ！　おまえら、うるせぇ」

蒼と遊也とあたしは、木の陰に隠れて、ふたりの様子を見ていた。

「ケンってばぁ……！　みんなと離れて、一体どういうつもり？」

美々ちゃんは立ち止まり、ケンちゃんの手を振り切った。

「……いろんなことあったな」

「何よ……急に……」

「美々……」

「マジメな顔しちゃって……何なの……」

ケンちゃんと美々ちゃんは見つめ合う。

「俺……中学ん時から……おまえのことずっと……」

「好きだよっ」

ケンちゃんの言葉をさえぎって、美々ちゃんは言った。

美々ちゃん……？

美々ちゃんの告白は、明るくあっけないもので、ケンちゃんも一瞬、何が起きたのかわかっていないみたいだった。

「……はっ!?」

「だからぁ……あたしケンのこと、好きだよ？」

ふたりって……両思いだったんじゃん……ウソでしょ。

あたしは蒼と遊也と顔を見合わせた。

「なっ、おまえ……マジかよ。最後まで俺に言わせろよ……」

「へへッ……あたしの勝ち～っ」

あたしたち３人は、ふたりの様子をだまって見続けている。

「俺……フラれると思ってた。美々、中学ん時に付き合ってるヤツいたし」

「あぁ……伊藤(いとう)くん？」

「名前言うんじゃねぇよ……俺はアイツ嫌いだったんだ。ナルシストで協調性(きょうちょうせい)ねぇし、サッカーはチームワークが大事なんだよ……」

「ケンより伊藤くんの方がサッカーうまかったから嫌いだったんでしょ？　まぁ……ちょっとナルシストだったけど……でもイケメンだったもん」

「はいはい……どーせ俺は」

「サル」

美々ちゃん……はっきり言うなぁ。

「サルでもいいよ。こんな俺を美々が好きって言ってくれんなら」

ケンちゃんは美々ちゃんに近付き、そっと抱き寄せた。
「あたし……高校入って、いろんなことあってさ……思い返せば、いつもそばにケンがいてくれたなぁって思って」
美々ちゃんは、ケンちゃんの背中に手を回す。
「俺がそばにいたかっただけだよ」
「ケンのことが好きって気付いたの、最近だった」
「……先に言われて俺、情けねぇじゃん」
「情けない？　いいじゃん……女から告ったって。ってか弱ってる時に優しくするなんて、ケンの思惑(おもわく)にまんまとハマッちゃったじゃん」
「ハハッ……俺、嫌なヤツ～」
「……サル」
ふたりは見つめ合った。
「さんきゅ。罠(わな)にハマッてくれて」
「どーいたしまして」
そしてふたりは……キスをした。

「ヒュ～！　おめでとー！」
あたしたち３人は木の陰から飛び出し、ふたりに駆け寄った。
「おまえらっ……見てたのかよ!?」
あわてて離れる、ケンちゃんと美々ちゃん。
「バッチリ」
――ピュ～～～～ドォ―――ンッ……。
その時、背中越しに大きな花火が上がった。

「きれぇ――――っ」

――5人並んで、夜空に咲き誇る花火を見ていた……。

赤色の花びら。黄色い花びら。緑色の花びら。ふじ色の花びら。どの色も好き。

散っては咲き、咲いては散る。これ以上ない美しさに、目を奪われる。

はかないから美しいのか、美しいからはかないのか……。

ねぇ……蒼。

涙が出そうになるのは……何でだろう。

「花火、終わっちゃったね」

何か淋しい……。

来年の夏まで、もう花火は見られない。

「来年もまた、みんなで花火見ようねっ」

あたしが振り返って笑顔で言うと、みんなは黙っている。

「どうしたの……みんな……」

「蒼……まだ言うてへんかったんか？」

そう言って遊也が、気まずそうに頭をかいた。

何……？

「わりぃ……おまえら先帰ってくんね？」

「お、おう……じゃーな……」

蒼の言葉に、遊也とケンちゃん、美々ちゃんは3人で先に帰っていった。

「……絢音」

蒼があたしの手首をぎゅっとつかむ。

「何？　蒼……」

「俺さ……アメリカに行く」

——ドクンッ。

一瞬、世界が止まった気がした。

あたしの心臓の音だけが、聞こえたの。

「えっと………」

言葉が出てこない。

「母ちゃんが向こうで倒れてさ……俺と暮らしたいって言ってんだ。８月の最後の日に日本を発つ」

これが夢だったら、どんなにいいかと思う。

「……いつ……帰ってくるの……？」

唇が震えて、涙が込み上げてくるのがわかる。

「ねぇ……っ！　蒼……っ」

何度も何度も、心の中で夢であってほしいと唱え続けた。

「高校の間は、戻れないと思う」

「そんな……２年半も……」

「絢音、離れても俺は、おまえのこと好きでいるよ」

淡々と話す蒼を見て、決意が固いのだとわかった。

蒼がアメリカに……？

嫌だ……嫌だよ……。

離れたくないって思ってるのは、あたしだけなの……？

蒼と離れるなんて耐えられない。

「そう……わかった」

込み上げてくる涙も、あふれ出しそうな想いも、必死にこらえて、あたしは精一杯の笑顔で答えた。

「いってらっしゃい」

　そう言って蒼の服の裾をつかんだ。

「絢音……」

　蒼があたしをキツく抱き締める。

「ごめんな……」

　耳元で聞こえた蒼の小さな声。

　あたしは、蒼の背中にそっと腕を回す。

　泣いたら、きっと……蒼を苦しめる。

　顔を思いきり、蒼の胸に押しつけた。

「……泣いてないから」

　声を押し殺して、体の震えを必死に抑えて、本当の気持ちは隠して。

　それでも蒼の服は、あたしの涙で濡(ぬ)れた。

　──カラン、カラン。

　下駄の音だけが辺りに響く。

　夏祭りの後の夜は、とても静か。

「足、痛そうだけど……」

　蒼が急に立ち止まって言った。

「下駄って１年に１回しかはかないから、指の間がすりむけちゃうんだよね」

「……乗れよ」

　蒼がしゃがみ込む。

「何？　いいよ、重いしっ」

　おんぶなんて、恥ずかしい。

「その歩く速さじゃ、家に帰るの何時間かかるんだよ？チビ」
「……恥ずかしくない？」
「誰も見てねぇよ」
「……はい」
　あたしは、蒼の背中に乗っかった。
「……重い？」
「重い」
「おりる〜っ！」
「嘘だよ。動くなって……」
　あたしはおとなしく、蒼の首に腕をからめた。
　おんぶをされていると、蒼の顔が見えない。
　今……どんな顔してるの……？
「浴衣って……いいな」
　蒼が前を向いたまま言った。
「可愛い？」
「エロい」
　――ゴンッ。
　あたしは、蒼の頭をグーで殴った。
「イッてぇな」
「蒼がそういうこと言うからでしょ？」
「可愛いって思うのも、そういう気持ちになんのも……おまえだけだよ」
　胸がぎゅっと苦しくなった。
「ずるい……」

「何が？」
「何でもない」
　蒼の言葉ひとつで、笑ったり、泣いたり。
　あたしを動かしているのは、蒼なんだよ。
　このままずっと、家に着かなければいいのに。
　このまま時間が、止まってしまえばいいのに……。

　――ガチャ……。
　玄関に入ると、家の中が真っ暗だった。
「パパとママ……まだ帰ってないのかなぁ？」
　出かける前ママが、パパが仕事から帰ったらふたりで花火を観に行くと言っていた。
「もう10時だぜ？　とっくに花火終わってんのに……」
「花火のあと、どっか飲みに行っちゃったのかな？」
　――パチンッ。
　リビングの明かりをつけると、テーブルに置き手紙があった。

“絢音、蒼くんへ。
　花火のあとは、パパとデートで遅くなりま〜す！
　戸締まりちゃんとしてね？
　　　　　　　　　　　　　　　　　　ママより”

「……仲いいな」
「ほっとこ……」

「俺、部屋行って着替えてくるよ」

「あっ……あたしも。浴衣脱ごっと」

階段を上がり、部屋に入ろうとする蒼の背中を見つめた。

“俺さ……アメリカ行く”

蒼の言葉が、頭の中でくり返される。

「蒼っ」

後ろから、蒼の背中に抱きついた。

「どした？　絢音……」

生まれた時から一緒だった。

隣でいつも、笑って……泣いて……。

離れる日が来るなんて、夢にも思ってなかった。

来年の夏祭りは、もう一緒に行けない。

1か月後……蒼はもういない。

あたしたちには、時間がない……。

「蒼……あたしの全部あげる……」

「……絢音」

離れる前に。

「あたしを……愛して……」

あたしの心も、あたしの体も……すべて蒼のモノにして──。

ずっと幼なじみで、ずっと好きで。

やっと恋人同士になれて、こういうことは……まだ先のことだって思ってた。

でも……今は、蒼のすべてを感じたい……。

あたしは……蒼が欲しい。

　真っ暗な蒼の部屋を、月明かりだけが照らしていた。
　――ドサッ……。
　蒼の布団に倒れ込む。
　あたしの体の上に蒼が体を寄せて、あたしたちは見つめ合った。
「何か……思ったより明るいね」
「月だろ」
　蒼の大きな手が、あたしの頬に触れる。
「蒼……好きだよ……世界でいちばん……」
　まっすぐな瞳で見つめた。
「俺も好きだよ。世界でたったひとり……おまえだけ……」
　蒼の首に腕を回して、キスをした。
「愛してる……」
　そうつぶやいて、何度も何度も……唇を重ねた。
　蒼の舌が、あたしの首筋をすべる。
　蒼の吐息が、蒼の舌が、蒼の指先が。
　あたしの全身に熱を帯びさせる。
　触れたい。触れられたい。心も体も……すべて。
　ふたりだけの世界に酔いしれて、濡れる体。乱れる浴衣。
　男らしい蒼の姿。蒼を全身が感じてる。
　心地いい……。
「……絢音っ」
　愛しい……蒼の声。
　重なるふたりの体。
　蒼のすべてを、体に刻み込むから。

離れても、淋しくないように。

あたしたちは、心も体もひとつになった。

あたしのすべては、あなただけのために。

自分以外の誰かを、こんなに愛しいと思えるなんて、蒼じゃなきゃ、わからなかったよ……。

愛してるって、何度も囁いた。

愛しいって、何度も思った。

幸せすぎて、これは夢なのかもしれない。

でもこの幸せは、まるで花火のように、はかなく散っていく……。

涙のデート

【蒼side】

8月初旬。

今日は絢音と映画を観に行く。

俺は部活を辞め、夏休み中1週間だけ引越し屋の短期のバイトをして、絢音とのデート代を稼(かせ)いでいた。

その働いた給料が、昨日振り込まれた。

「絢音ーっ。早く行くぞー？」

「待ってーっ！　もう少しで終わるぅ」

絢音があっち行ったりこっち行ったり、バタバタとあわただしく動き回っている。女は本当、出かけるまでに時間がかかる。

絢音を待つ間、俺はリビングのソファに座り、絢音の母ちゃんとしゃべっていた。

「蒼くんがアメリカ行っちゃうなんて……おばさんも淋しいわ」

「4か月も世話になって……いや、小さい頃からずっと俺の面倒見てくれて、おばさんたちには感謝してます」

俺がアメリカに行くことを、絢音の両親には、昨日話したばかりだった。

「夏休みとか……こっちに帰ってこられないの？」

「なかなか難しいかもしんないっす。親戚がこの町にいるわけでもないし、家もないから」

「その時は、うちに泊まればいいじゃない。絢音も淋しがるわね……」

おばさんの言葉に、俺はただ微笑むことしかできなかった。

「蒼～っ！　おまたせっ」

絢音が、階段から駆け降りてきた。

「行くか」

「うんっ」

絢音の笑顔を見るたびに、切なくなる。

離れたくない。時間が止まればいいのに。

外の気温は30度を超えているだろう。太陽が照りつけ、蝉(せみ)の声が鳴りやまない夏の昼間。

俺たちは、駅へと向かって歩いていた。

「置いてくぞ……？」

俺の2メートルは後ろにいる、絢音。

「待ってよぉ！　歩くの速いよぉ～っ」

「……そんなヒールの高いサンダル履いてくるからだろ？」

「だってぇ……少しでも背高く見せたいんだもん。足細く見せたいんだもん」

絢音はその場にしゃがみ込み、頬をふくらませ、口を尖らせた。

「わかったって……ほら」

俺は、絢音の手を引っ張り、歩き出した。

「今日の服、どうしたんだ？」

絢音は白のワンピースに、茶色のヒールの高いサンダル、肩から小さなハート型をした水色のポシェットをかけていた。
「このワンピね、カワイイでしょ？　買う時ね、美々ちゃんが選んでくれたんだよぉ」
「だろーな」
「何それぇー！　あたしじゃ、センス悪いっていうのぉ？」
「うるせーなぁ。早く行くぞ」
　こんなふうに、手をつないで歩けるのも……あと少し。
　絢音はあれから、悲しい顔ひとつしない……。

　電車に乗ってやってきたのは、映画館。
　夏休みってこともあって、映画館前には学生のカップルがそこらじゅうにいた。
「絢音、何観たい？」
「えっ？　アクション映画じゃないの？」
　絢音は不意をつかれたように驚き、俺の顔を見つめた。
「おまえ、アクション映画は、あんま好きじゃないだろ？」
「でも蒼の持ってるDVD、アクション映画ばっかりじゃん。今日もてっきりアクション映画だと思ってた」
「この１か月は、絢音のしたいことしようぜ？」
　俺は微笑み、絢音の手を力強く握った。
「……何か調子狂うね。蒼らしくない」
「嫌なのか？」
「ううん。嬉しいよっ」
　絢音は、嬉しそうに微笑んだ。

「俺、チケットとポップコーンとジュース買ってくっから。ここで座って待ってろよ」
「えっ……お金払う……」
「何のために必死にバイトしたと思ってんだよ？　いいから待っとけって」
　俺は絢音の肩を押さえ、無理やり映画館内のロビーにあるイスに座らせた。
「いいの……？」
「いいに決まってんだろ？」
　チケット売り場はけっこう並んでいて、買うのに15分くらいかかった。
　ポップコーンとジュースを持って俺が絢音のもとに駆け寄ると、絢音は一点を見つめ、ボーッとしていた。
「……絢音？」
「……へっ？　あ、あぁ……ありがと」
　絢音は、笑顔でジュースを受け取った。
「どした？　まだ眠いのか？」
「ううん……別にっ。何のチケット買ったの？」
「おまえが好きそうなラブストーリーの映画」
「えぇー！　ちょー嬉しい！　早く行こっ」
　絢音は、俺の服の裾をつかんで、勢いよく走り出した。
「ちょっ、おまえ……ポップコーンこぼれるだろっ」

　俺は心のどこかで、絢音の気持ちを試しているのかもしれない。

俺の存在が、絢音の中でどれほどの存在なのか、知りたいと思う自分がいる。
“行かないで”
そう言われたら、俺はどうするんだろう……。

観た映画は、外国の映画。
主人公の女と男が初めて恋に落ちる話だった。
けれど決して結ばれない……ふたりの恋。
男は、幽霊(ゆうれい)だったから。
神様から半年だけ、人間に見えるようにしてもらったその男。
ラストのシーンでは、女の胸の中で消えていった。
悲しい映画だった。
絢音は、映画を観ながらずっと泣いていた。
俺はそんな絢音の手をずっと握り締めて、ただ前を向いていた。
初恋は叶わないとよく言われるけれど、俺たちの恋も、いつか消えてしまうのだろうか……この映画のふたりのように。

「いいかげん泣きやめよ……とっくに映画終わったんだぞ？」
映画館の近くのカフェに俺たちはいた。
絢音がティッシュで鼻をかみすぎて、テーブルの上は丸められたティッシュでいっぱいだ。

「感情移入しすぎなんだよ……」

映画を観終わっても、絢音はまだ泣き続けていた。

周りの視線を感じる。

俺が泣かしてるみたいに思われてるんだろーな。

「……っく……蒼は……幽霊なんかじゃないよね……？」

「おまえ、バカにもほどがあるぞ？　16年間、おまえは幽霊と一緒に過ごしてきたのかよ……」

「……よかった……っ……っく……フフッ……」

「泣くか笑うか、どっちかにしろ……ったく……」

俺はオレンジジュースを一気に飲み干した。

「買い物でもして……ぼちぼち帰っか？」

「うん」

手がかかる……こんな絢音だけど、俺にとっては可愛くて仕方がない。そんなこと本人には言えないけど。

「泣いたら、マスカラ取れたぁ〜っ」

絢音の目の周りがパンダみたいに黒くなっていた。

「おまえがオバケじゃん」

「なっ……蒼ってばぁ！」

絢音が好きという気持ちは変わらない。

けど……おまえを苦しませるなら俺は……。

その日の夜中、眠っていた俺はふと目を覚ました。

額に汗をかいている。今日は熱帯夜(ねったいや)だな。

時計を見ると、真夜中の２時半。

トイレに行こうと部屋を出ると、絢音の部屋からすすり泣く声が聞こえてくる。俺は足音を立てずに、そっと絢音の部屋のドア越しに耳をすませた。

「……美々ちゃん……こんな夜中にごめんね……」

　こんな時間に高梨と電話してんのか。

「あたし、わかってなかったよ。蒼がいなくなるってこと、ちゃんとわかってなかった……」

　胸が締め付けられる思いだった。

「今日ね、蒼と映画に行ったの。蒼がチケットを買いに行くって言って、15分くらいひとりで待ってただけなのに蒼がこのまま帰ってこないんじゃないかって……あたし急に怖くなって……」

　映画を観終わってもしばらく泣いていたのは、絢音も俺と同じように、あの映画と俺らのことを重ねていたんだな。

「ごめん……気持ちが不安定になってるだけだよね。蒼には言えない。蒼が決めたことだもん。蒼を困らせて嫌われたくない……」

　わかっていた。絢音が、無理やり元気にしていることくらい。

　けど……だからと言って、俺には何もできない。

　行かないでって絢音に言われたら、俺はここにとどまるのだろうか？

　俺自身もよくわからない。

　悔しいけど、悲しいけど、まだ16歳の俺にできることなんて、何もない。

　俺は、廊下で絢音の部屋のドアにもたれかかって座っていた。

「美々ちゃん……あたし、どうすればいいと思う……？」

絢音もきっと、俺の知らないところで、たくさん悩んで、でも俺の前では無理して笑っているのだろう。

「蒼のお母さんが体弱いことは、あたしも小さい頃から知ってたし、ほっとけるわけない。あたしだって心配だもん」

絢音は優しいから、小さい頃からずっと、自分のことのように胸を痛めてくれてた。

「アメリカに行くべきなのは、わかってる……。あたしのわがままな気持ちは言うべきじゃないよね。蒼を困らせるだけだから……言わない方がいいよね……？」

ごめんな……絢音。

「でもね……美々ちゃん。あたし、２年半も頑張れるか、自信なくなっちゃった……」

絢音のその言葉は、俺にはすごくショックだった。

俺と絢音は同じ気持ちじゃなかったんだと、知ってしまった。

俺たちは離れても大丈夫だって、俺が勝手に思っていただけだったんだ。

わかってた。絢音が無理していること。

けど、俺は好きで、大好きで、この絢音への想いがあれば、離れても大丈夫だって、そう思いたかった。

もう、絢音も俺と同じ気持ちでいてほしいなんて、俺には言えない。

淋しい思いも、悲しい思いも、絶対にさせてしまう。

自信がないと言った絢音。おまえを俺は……縛りつけたくない。

だから俺たち……選択肢は、これしかないと思うんだ。

8月中旬。

わりと新しい、白い2階建てのアパート。

そのアパートの203号室が遊也の家。

昼間からケンと俺と3人、男同士で集まっていた。

「うぃーっ……カンパーイ……！」

遊也は、イチゴ牛乳を片手に、俺とケンはコーラを片手に、ペットボトルをコツンと合わせた。

「おめでとっ」

俺は、ポテトチップスを口に入れながら、遊也に言った。

「ハハッ……まぁそんな祝ってもらんでもええのに……」

今日は男同士で、祝いの会。

何の祝いかというと……遊也に、彼女ができた。

俺は、遊也お気に入りの黒いソファに寝っころがった。

「彼女の名前、何だっけ？」

俺が聞くと、床に横たわってマンガを読んでいたケンが、遊也より先に答えた。

「美月(みつき)ちゃんだよ」

そうそう……美月っていう名前だった。

でもその美月のことは何も知らない。

「蒼、A組の美月ちゃん知らねぇとか言わないよな？」

まーた始まった……ケンの情報屋。

「知らねぇ。ケンはいろいろ知りすぎなんだよ」
「だって長身の美女だぜ？　長い茶色の綺麗な髪、手足は細いんだけど、いい具合にイイトコに、肉ついてんだよな〜？」
　——バシッ！
　遊也はそばにあった雑誌で、ケンの頭を思いきり叩いた。
「美々に言いつけてやろー！　ケンが変態やって」
「俺は、美々ひと筋だから心配すんな。でも、美々に言うなよ？」
「やっぱ美々が怖いんやなぁ」
　遊也と美月は、1週間前から付き合い始めた。
　夏休み明けには、遊也を好きな女たちが泣くだろうな。
　美月から、遊也に告白したらしい。
　そりゃそうだろうな。
　遊也が絢音を好きだと言って以来、俺は遊也から、女の話とか聞いたことなかったから。
　クーラーの効いたこの部屋は涼しいけど、窓の外はかなり暑そうだ。
　太陽の光が顔に当たって、まぶしい。
　「遊也、少しカーテンを閉めていい？」そう俺がきくと、「ええよ」と遊也は微笑む。
　俺は立ち上がり、窓のカーテンを閉めた。
「蒼……」
　遊也の声に後ろを振り返ると、ケンも遊也も真剣な顔で俺を見つめていた。
「マジな顔してなんだよ？」

「おまえ……大丈夫なん？」

大丈夫なわけない。

「ハハッ……何だよ、いきなり。ふたりして、そんな顔しやがって……」

俺はソファに戻り、マンガを手に取る。

「絢音に、うまく説得できたんやろ？」

「説得も何も……アイツは俺に直接何も言わねぇから。行くことは決まってるし……」

俺はふたりの顔を見ずに、マンガを読むフリをして淡々と答える。

「辛いやろーな、お互い」

遊也の言葉に胸が締めつけられる。

「16年間も一緒にいてさ……２年半ってそんなに長いのかな……」

俺はマンガのページを見つめたままつぶやく。

なぜだか、泣きそうになって必死にこらえるのが大変だった。

「おまえらなら、大丈夫やって」

「俺もそう思うよ、蒼」

遊也とケンの言葉を、自分に言い聞かせたかった。

けど……自信がないという絢音の本音を聞いてしまった。

自分の気持ちを貫（つらぬ）き通すことが恋で、相手の幸せを心から願うことが愛ならば。

俺は愛を選ぼう……。

【絢音side】

８月下旬。

蒼の出発まで、あと残り１週間。

残暑厳しく、気温はゆうに30度を超える。

しかし、この日の空は、どんよりと曇っていた。

「蒼ーっ！　早く、はやくーっ」

あたしは振り返って、蒼を手招きして呼ぶ。

「おまえっ……はしゃぎすぎだっつーの」

あたしと蒼は、遊園地にやってきた。

家から電車で１時間半くらいかかるところにあって、小さい頃にうちの家族と蒼の４人で、何度か来た覚えがある。

蒼と遊園地に来るのは、その時以来。

蒼は遊園地が嫌い。

たぶん……ジェットコースターが苦手なんだと思う。

「蒼っ！　ジェットコースター乗ろっ？」

そんな蒼に、わざとあたしは笑顔で言う。

「……しょーがねぇな」

蒼が思いっきり、ため息をついた。

「うそうそ。ちょっとイジメただけっ。蒼ってジェットコースターとか苦手でしょ？　他のにしよっ」

「苦手じゃねぇよっ」

「ムキになっちゃって……」

「ほら……行くぞ」

蒼が、あたしの腕を引っ張って走り出した。

そんな蒼の後ろ姿を見て、あたしは自然と笑顔になる。

「……大丈夫？」

　ジェットコースターを乗り終えた後、蒼がその場にしゃがみ込んでしまった。

「……何が？」

「顔色悪いよ？」

　蒼は青白い顔して、具合悪そう。やっぱ乗らなきゃよかったね。

「ごめん、蒼」

「大丈夫。すぐよくなる」

「はい、ジュース」

「……さんきゅ」

　蒼は、缶ジュースをゴクゴクと一気に飲み干した。

「っしゃー！　生き返ったぁ！　絢音、次は何乗る？」

「……単純」

「うるせっ」

　あたしは蒼の腕にからみついた。

「あたしばっかり……蒼の乗りたいものとかでいいよ？」

「絢音のしたいこと、しようぜ？」

　蒼があたしの頭をポンと叩き、優しく微笑む。

「今日が……最後のデートだ」

　最後のデート……。一瞬、心臓が止まった気がした。

「……今日は死ぬほど遊ぶからね？　蒼、覚悟してねっ？」

「よしっ！　行こうぜっ」

　手と手をしっかりとつないで、あたしたちは走り出した。

　泣かない……絶対に。

泣いたら……蒼が悲しむから。

今日は何もかも忘れて……楽しむんだからっ。

「お化け屋敷入ろ〜っ」

「俺はイイけど、おまえ泣くなよ？」

「泣かないもんっ。もう、ちっちゃい子じゃないんだからねっ」

「ふ〜ん？」

怪しいと疑う顔で、蒼は目を細めてあたしを見る。

小さい頃は、お化け屋敷が苦手だったけど、もう高校生だもん。平気に決まってるじゃん。

小さい頃みたいに、泣いたりしない。

今日は……泣かないから……。

「ギャ──────ッ!!　来ないでぇ〜っ」

想像以上に怖くて、全身鳥肌が立ちっぱなし。

「絢音……俺の耳が壊れる」

「いぃぃーやぁぁぁぁぁ───っ」

次々と現れる、お化けたち。あたしは涙目になりながら、大声で叫ぶ。

真っ暗闇の中、あたしは、蒼の背中に隠れながら進んでいく。

顔にこんにゃくが当たったみたいだけど、蒼は平然と歩いてく。

その時、後ろから、あたしの肩をポンっと誰かが叩いた。

あたしが恐るおそる振り返ると……。

「だぁ───」

　ゾ、ゾンビ――――――っ！

　――ドホッ……!!

「うっ……」

　恐怖のあまり頭がパニックになって、これはもうとっさの自己防衛としか言いようがない。

　思わず足が出てしまった。

「おいっ絢音っ！……ったく。ゾンビさん大丈夫っすか？」

　蒼が、その場にうずくまるゾンビの肩に手を置き、顔をのぞきこむ。

「……っ思いきり……お腹を蹴られました……」

「すんませんした……」

　お化け屋敷を後にして、次は何に乗ろうか辺りをキョロキョロと見渡した。

「おまえいつか謝れよ？　ゾンビ、おまえに思いっきり腹蹴られて、しばらく立ち上がれなかったんだから」

「だって……驚かすんだもん」

「それが仕事なんだからな。絢音は立派な業務妨害だぞ？」

「ごめんなさぁい」

　あたしは、蒼の腕にしがみつく。

「ねぇ……蒼」

「何？」

「コーヒーカップ乗りたいなっ」

「げっ！……わかったよ」

　この腕を離したくない。

ずっと……このまま、ふたりでいられたら……。
当たり前のようにそばにいたけど。
今ではそれも……叶わない願い。

たくさんの乗り物に乗って、遊び疲れたあたしたち。
園内の広場で、ちょっと遅いお昼ご飯。
「疲れたぁ〜っ」
蒼が、芝生の上に大の字に寝っころがった。
「もう3時過ぎだもんねぇ……お腹空いたでしょ？」
あたしはレジャーシートを敷いて、朝作ってきたお弁当を広げた。
「そっか。おまえ弁当作ってきてくれたんだっけな」
蒼が起き上がって、シートの上に座り直す。
「食おうぜっ……絢音の手作りっていうのが、ちょっと不安だけどな」
「ひどぉ〜い！　ちゃんとママに教えてもらいながら、作ったんだからぁ」
サンドイッチにおにぎり、卵焼きにタコウィンナー、から揚げにエビフライ、トマトで彩りよく作った。
「いただきまっす」
「あっ！　待って、蒼」
「何だよ？」
お腹がへっていて、すごく不機嫌な蒼。
「アーンしたい！」
「なっ、いいよっ……ハズいって」

蒼の顔が、真っ赤になって可愛い。

「一度やってみたかったのぉ！　はい、ア〜ンっ？」

あたしは、フォークで刺した卵焼きを、蒼の口元に持っていった。

「早く。口開けて！」

蒼は嫌々、口を少しだけ開く。

あたしは卵焼きを蒼の口の中に入れた。

「おいし？」

「うん」

「へへッ……よかったぁ」

照れてる顔も好き。笑ってる顔も好き。

真剣な顔も、どんな蒼も好きだよ。

「次はタコちゃんウィンナーですよぉ〜？　蒼くんア〜ンッ」

蒼は「またか」という呆れた様子で、でも口は開いてくれない。

「はい、ア〜ン？」

蒼と目が合い、瞳に吸い込まれそうになった。

「……おまえがいい」

そう言って蒼は、あたしにキスをした。

思わず、持っていたフォークを下に落としてしまう。

そっと離れる唇。見つめ合う瞳。

「蒼……好きだよ」

蒼は何も言わずに、何度も何度もあたしにキスをした——。

空は今にも雨が降り出しそうなほど、灰色の雲におおわれていた。
「雨降りそうだし……そろそろ帰るか？」
　蒼が立ち止まり、空を見上げる。
　まだ帰りたくないよ、あたし。
「まだ夕方の６時じゃん……。じゃぁ観覧車、最後に乗ろっ？」
「いいよ」
　これが最後のデートなのに。
　まだ帰りたくない。
「絢音？　乗るぞ」
「う、うんっ」
　係の人に促されて、観覧車の中に乗り込んだ。
　少しずつ、ゆっくりと高いところへ上がっていく。
「晴れてたらよかったのにね……」
「……あぁ」
　あたしと向かい合って座っている蒼は、ずっと観覧車の窓から外を見つめていた。
　窓から見える外の景色は、灰色の世界。
「絢音……今日は楽しかった……」
　観覧車が真上に来たところで、外を見つめていた蒼が、突然つぶやいた。
　何で……あたしの顔を見てくれないのだろう。
「あたしもだよ、蒼。楽しかった」
　蒼の横顔に、あたしは満面の笑みで答えた。
「絢音……これで最後にしよう……」

　雨粒が観覧車の窓を打ちつける。

「わかってる……蒼が出発する前の、最後のデート……」

「俺たち……これで最後にしよう」

　どういう意味……？

「えっ？　な、何……意味わかんないよ……」

　蒼はあたしを見つめる。

　まっすぐな瞳が、怖かった。

「俺たち……ただの幼なじみに戻ろう……」

　降りしきる雨が、心にも突き刺さるみたいに。

　冷たくて、悲しくて、痛い。

　あたしは何も言い返せないまま、観覧車は下に着いてしまった。

　ただの幼なじみに戻る？　別れるってこと？

　さっきまでキスしてたのに、どうして？

「雨……強くなってきたな……。傘買ってくるから、おまえそこで雨宿りしてろっ」

　屋根付きのジュースの自動販売機前に、あたしを残して、蒼は走ってく。

　ねぇ……蒼は、初めからそのつもりでデートしてたの？

　恋人として、最後のデート。

　何で……？　あたしたちまた、ただの幼なじみに戻るの……？

　そんなの……嫌だ。

　最初から別れるつもりなら、こんなデートしなきゃよかったじゃん。

甘い夢を見させて、どんどん好きにさせて……。

「蒼……！」

雨の中を走ってく蒼に向かって、大声で叫ぶ。

「絢音……」

蒼が振り返るけど、雨が強くて、蒼が今どんな顔してるのかわからない。

あたしは蒼のもとへ走ってく。

体が雨に濡れていく。

傘なんていらない。どこにも行かないで。

「絢音！　風邪ひくだろ！　戻れ！」

雨に打たれてもいい。風邪ひいたっていい。

蒼と別れるなんてそんなの嫌。

「ハァッ……ハァ……」

息を切らしてあたしは、ずぶ濡れの蒼の前に立った。

「どぉして……？」

胸がつまって、涙が出て、うまく声が出ない。

「絢音……」

「やだ……そんなのやだよぉ……」

蒼の服にしがみついた。

「あたしたち……何で別れなきゃいけないの……？」

悲しい顔なんか、見せてないじゃない。いつも笑ってたじゃない。

今日は最後のデートだって言われても、泣かないって決めてたんだよ。

「あたし……何かした……？」

　蒼はうつむいて何も答えない。

「黙ってないで答えてよぉ……」

　蒼の胸元を必死で叩いた。

「……おまえさ、自信ないんだろ？」

　頭の上から聞こえた、低い声。

「たった２年半じゃねぇか……」

　蒼は声を震わせる。

　もしかして……美々ちゃんとの電話の会話、聞かれてた……？

「……離れたらダメになるとか……そんな程度なのかよ。俺とおまえは……」

　違う……違うの……。

「おまえがそんなふうに思ってんなら……俺はおまえのこと縛りつけたくねぇんだよ。俺の勝手な想いとか、そーいうの押しつけたくねぇんだ」

　あたしたちは雨の中で泣いていた。

　見失っちゃいけない。大切な人を。

　あたしがたったひとり、想う人を。

「……好きだから」

　あたしは、もう一度、声を振りしぼって言った。

「蒼が好きだからっ」

「絢音」

「好きだから不安だよ……。自信ない……弱いよ、あたし。頭ではわかってるの……蒼は、アメリカに行くべきだと思う」

頭では理解してた。

でも心は不安でいっぱいだった。

「本当の気持ちを言ったら、何か変わるの？　蒼を困らせるだけなのに……」

お母さんをほっとけるわけない。

「頭と心が違う場合、どうしたらいいの……？　蒼……教えてよ」

頭と心は別なの。人はそんなに簡単じゃない。

「蒼と一緒にいたい……離れたくない……」

お願い……神様。あたしたちを引き裂かないで。

「好きだよ……大好きだよ……蒼……。ひとりにしないでっ。蒼がいなきゃ……あたし……」

「絢音……」

「どこにも行かないで……っ」

蒼の背中に腕を回した。

蒼が、どこにも行かないように、強く、強く抱き締めた。

どこにも行かないで……ずっとそばで笑ってて……。

あたしたち、生まれた時から一緒だったんだよ。

蒼がいない世界なんて、知りたくない。

ふたりの髪や全身を濡らす、生温(なまぬる)い夏の雨は、強くなるばかりだった。

「今言ったことは……あたしの心の部分。ワガママ言ってごめんね……」

蒼を困らせたくなくて、ずっと言えなかった心の声を、蒼は黙って聞いてくれた。

「別れるなんて……言わないで……」

あたしの頭の上に、蒼は顎を乗せた。

「おまえだけじゃねぇよ。離れて淋しいのは俺も同じ」

「蒼……」

「俺が平気だとでも思ってんのか……？」

震える蒼の声が、いっそうあたしを苦しくさせた。

「好きだよ……絢音……。俺だってできることなら、おまえのそばにいたい……」

好きだから、愛してるから。

相手を想うと言えなかった……素直な気持ち。

でも、好きだから、愛してるからこそ、わかり合えた。

あたしたちなら……きっと、大丈夫だよね。

この愛を未来に変えて、信じてみようと思う。

この時、そう信じたはずだったのに……。

【蒼side】

俺たちは、ずぶ濡れのまま家に帰ってきた。

「あれ？　ママいないみたい。どっか出かけたのかなぁ」

家の中は静まり返っていて、誰もいなかった。

「早く風呂入ろうぜ？　びしょ濡れなんだから、夏だって風邪ひくぞ？」

俺はＴシャツを脱ぎ、浴槽にお湯を注ぎこむ。

「え!?　一緒に入る気!?」

「そーだけど？」

「ママが帰ってきたら、どぉするの？」
「その時は……まぁその時だろ」
そして、先に絢音が服を脱ぎ、浴室に入った。
「……おーい、入っていいかぁ？」
「まだっ！」
何度も呼んでみるけど、浴室から「まだ」と絢音の大きな声が響き渡る。
俺はまだ、浴室のドアの前で何分も待たされている。
「いいかげん入るぞ？」
「う、うん……」
——ガチャ。
浴室のドアを開けると、浴槽につかり、恥ずかしそうに向こうを向いたままでいる絢音がいた。
小さな肩。髪をゆるくひとつにまとめ、白いうなじが綺麗だった。
俺も浴槽につかる。
「はぁ〜あったかい……」
俺は後ろから、絢音を抱き締めた。
「んぎゃっ」
絢音の体がビクッとなり、思わず手を離す。
「何だよ？」
「ドキドキして……死にそう」
「……今さら遅せぇーよ」
俺は絢音の肩を唇で軽くかんだ。
俺に後ろから抱かれてる絢音は、一度も俺の顔を見ない。

「こうやって風呂とか一緒に入ったりしてるとさ、俺たち夫婦になったみたいだよな……」
「……うん」
　絢音は、前を向いたまま小さくうなずいた。
「高校入って一緒に暮らすことになって……絢音は最初ちょー嫌がってたよな。生まれた頃から一緒に暮らしてたようなもんだったのにさ」
「だって……蒼のこと好きだったから……ドキドキしちゃって……」
　絢音の白い透き通った肌が、ほんのりピンク色に染まっていく。
「俺だって……好きだったよ」
　絢音は前を向いたまま、うつむく。
「絢音……いいかげんこっち向けよ」
「だって……恥ずかし……んっ……」
　絢音が振り向いた瞬間に、キスで唇をふさいだ。
　絡まる舌が、少しずつ熱を帯びていく……。
　絢音が愛しくて、この程よい温度にさえ、めまいを感じる……。
　それから俺は、絢音の髪を洗い終え、体も洗ってやろうと思ったら、恥ずかしいからと断られた。
　絢音と結婚したら、楽しいだろうな……。
　今まで、結婚なんてまだまだ先のことで考えたこともなかったけど。いつか絢音とこんな日々を送れたら、幸せだなって思う。

風呂から出たあと、浴室の前で髪をバスタオルで拭いている絢音を抱き上げて、絢音の部屋に向かった。
「ちょっ……蒼……」
俺たちは、そのままベッドの上に倒れ込んだ。
「おまえ、可愛すぎ……」
ベッドの上で横になったまま見つめ合う。
絢音の手が、俺の頬に触れた。
「何でだろうね……？　何度キスしても……抱き合っててても足りない。ずっと蒼に触れてたいって思う……」
「……俺も」
「蒼のこと好きすぎて……どうしよーもない」
「俺の方が好きだよ」
好きすぎて、愛しすぎて、自分が狂いそうになる。
きっと好きな気持ちに限界なんかなくて。
触れていたい。ずっと。愛しい……君に。
「蒼の心臓の音……何か安心する」
絢音は、俺の胸元に耳を当てる。
俺は絢音をぎゅっと抱き締めた。
何度もキスして。何度も抱き合って。
俺たちは、この時間がどれほど大切なのかってこと、わかってた。
もうすぐ会えなくなること。
心と心はつながっていても、愛しい君に触れられない。君の体温を感じられない。
距離は、俺たちを孤独にさせる。

想像していたよりずっと悲しくて、苦しくて。

これ以上ない幸せと、これ以上ない孤独を教えたのは、誰よりも愛しい君だった。

今でも思い出す……。

あの夏、みんなで見た、綺麗な花火。

絢音は、そんな綺麗な花火を見て、涙をこらえてた……。

まるで花火のように消えていく。

美しく、はかない、俺たちの刹那の幸せ。

未来を信じて……

【絢音side】

今日は、８月30日。

蒼が出発するまで、あと１日。

ドアが少しだけ開いていた蒼の部屋をのぞく。

「もう荷物の整理は終わったの？」

蒼の部屋の中には、ダンボールが５個置いてあるだけだった。

「うん」

時計をちらっと見ると、夜の９時を過ぎたところ。

明日のお昼には、蒼が出発してしまう。

１日がもっと長ければいいのに。

蒼はもうすぐ行ってしまう……。

「絢音……ヒマ？」

蒼が笑顔であたしに聞く。

「えっ？　うん」

「俺、出発する前に行きたいとこあんだけど……」

夏の夜風は、涼しくて心地いい。

蒼と手をつないで、ゆっくりと歩いていく。

見慣れた景色。一緒に登下校した道。

どこを見ても、どこにいても、蒼との記憶がよみがえる。

「小学生の時さ、おまえ……あの公園で犬に追いかけられて、めちゃくちゃ泣いてたよな」
「そぉそぉ……すごく吠えまくる顔の怖い犬っ！」
　蒼は、当時を思い出したのか、お腹を抱えて笑っていた。
「アハハッ……マジで笑える。おまえ、ホントにドジだよな。そういえば、あの犬って、名前なんだっけ？」
「えーと……プ、プリン！」
「そうだっ！　プリン！　全然見た目と名前が合ってない犬だったよなぁ」
「ホントそうだよねっ。懐かしいね……」
　小さい頃よく遊んだ公園、ふたりでよく通った駄菓子屋さん、何年経っても変わらない。
　ずっと……そこにあるもの。変わらないもの。
　何だかとても安心した気分になる。
「着いた」
　そう言って蒼は、急に立ち止まった。
「出発前に行きたいとこって……」
「うん……ここ」
　あたしたちの通う、桜ヶ丘高校の門の前だった。
「夜の学校ってさ、ドキドキしねぇ？」
「するっ！」
「よっしゃ……んじゃぁ～門、登るぞっ」
「えぇーっ、ムリぃ～～」
「おまえ、チビだからなぁ。俺が持ち上げてやっから」
　蒼に助けてもらい、校門を何とかよじ登ることができた。
　あたしたちは、誰もいない夜の学校に忍び込んで、プールサイドへと向かった。

真っ暗な夜の学校。あたしは少し怖くなって、蒼のTシャツの裾をつかんで歩く。

「蒼……怖くないの？」

「全然怖くねぇけど？　絢音は怖いのか？」

大きくうなずくと、蒼はあたしの手を握って歩いていく。

「何だ……プールサイドに明かりついてんじゃん」

ライトが、プールサイドを明るく照らしていた。

「あぁーっ！　せっかくだから、水着持ってくればよかったなぁ～」

「ハハッ……俺も泳ぎてぇ」

あたしたちは、プールサイドに座り、裸足(はだし)になった足をプールの水の中に入れた。

水が冷たくて、気持ちいい……。

プールの水面に映る、月とあたしたちの影。

「もう来れないからさ……」

蒼が少し淋しそうな顔をして、水を蹴り上げた。

「……そうだね」

あたしたち、もう同じ高校には通えないんだね。

「今までいろんなことあったよな……」

「うん……」

あたしはバシャバシャと水を蹴ったりして、気を紛(まぎ)らわしていた。

蒼の淋しげな顔を見ると、泣いてしまいそうになるから。

「いろんなことあったけどさ、どの思い出にも絢音がいた」

「……うん」

　涙をこらえて、水を蹴る自分の足を見てた。

「２年半なんて、すぐだよな」

「きっと、すぐだよ」

　泣かない……泣かない……。

「蒼……あたし強くなるから……」

「うん」

「すぐに泣いたりしないから……」

「うん」

「浮気しないでね」

「しねぇよ」

　強くなるって、頑張るって決めた。

　泣いたらダメなのに。

「あたしたち……ずっと一緒だよね？」

「絢音……顔上げろよ」

「だって……」

　涙が落ちそうになる。

　──ピシャッ……！

「冷たっ……もぉ～何すんのよぉ!?」

　蒼がふざけて、あたしの顔にプールの水をかけた。

　──ピシャッ、ピシャッ。

「おまえなぁ……」

「フフッ、お返し～っ」

　蒼と水をかけ合って、いつものように笑い合って、ふざけて。

「蒼のバーカッ」
「うるせっ……チービッ」
　服のままプールに入って、時間を忘れるほどに……。
　笑ってた。
　あたしも、蒼も、幼い頃のように楽しくて。
　時間を忘れるくらい、はしゃいで笑ってた。
「アハハッ……どぉする？　あたしたち、ずぶ濡れだよぉ」
　プールの中に入ったままのあたしたち、胸の下あたりまで、水につかっている。
「先に渡しとけばよかった。箱、濡れちゃったけど……」
　蒼がそう言って、ズボンのポケットから、ピンクのリボンのついた小さな箱をあたしの目の前に出した。
「何？　あたしに？」
「うん」
　あたしは、その小さな箱を両手でそっと受け取った。
「気に入るかわかんねぇけど。おまえが彼女になってから、プレゼントとか渡したことなかったなぁって思ってさ」
「うそ……蒼が？」
　蒼があたしにプレゼントなんて、絶対そういうこと、しない人だと思ってたから……。すごく驚いた。
「安物で、ごめんな？　バイト代の残りで買ったから……」
「そんなっ……蒼がくれるモノなら何でも嬉しいっ！　箱、開けていい？」
「うん」
　水に濡れて、少しグチャッとつぶれた小さな箱。

　そういうとこも、蒼らしい。
　あたしは、ピンクのリボンをほどいた。
「…………」
「……あれ？　気に入んねぇ？」
　違う……違うよ。
　嬉しすぎて……言葉が出ないの。
「うれしぃ……」
　涙が込みあげてくる。
「おまえは嬉しくても泣くのな」
　箱に入っていたのは、シルバーのリングだった。
　あたしは指輪を手に取り、プールサイドの光に照らした。
“A to A　first love”
　指輪に彫られた文字。
「おまえは、俺の初恋だから……。俺の、最初で最後の恋だって思ってる」
“蒼から絢音へ　初恋を捧(ささ)げます”
「俺が……アメリカから帰ってきて、ふたりともちゃんと大人になって……それで……俺が……」
　蒼が泣くのをこらえて、言葉につまる。
　あたしは顔を上げ、蒼の目をまっすぐに見つめた。
「それで俺が、おまえを養えるようになったら……結婚しよ」
「それ……プロポーズ……？」
「まぁ、そうだな」
　蒼は、あたしの手から指輪を取った。

「返事は……？」

　蒼が好き……他の人なんて考えられない。

　あたしは蒼のそばに、一生いたいです。

「小さい頃からずっと、お星様に願ってた」

　あたしはずっと……ずっと、願ってたよ……。

「……蒼の……蒼のお嫁さんになりたいです」

　蒼があたしの左手を取り、薬指に指輪をそっとはめてくれた。

「ホントの結婚式みたい」

　頬を伝う涙を、蒼は指でぬぐってくれる。

「絢音を幸せにするって、誓う」

「蒼を幸せにするって、誓います」

　見つめ合った後、お互いに噴き出して笑ってしまった。

　あまりに嬉しくて、幸せで。

「愛してる……」

　月明かりの下、プールの真ん中で、誓いのキスをした──。

　子供のあたしたちが、まだ16歳のあたしたちが結婚を約束するなんて、周りの大人たちは笑うかもしれない。

　それでもあたしたちは、真剣に、純粋に、恋をしてた。

　幸せな未来を夢見て、信じて、相手を心から……本気で愛してた。

　指輪に込めた、願いと誓い。

　まだ子供だったあたしたちの、汚れを知らないあたしたちの、いちばん幸せだった時間……。

【蒼side】

8月31日、早朝6時。

リビングの食卓の上に1枚の手紙を置いた。

“おじちゃん、おばちゃんへ。

本当にお世話になりました。俺にとってふたりは、本当の父と母みたいな存在です。

おばちゃんのうまい料理、食べられなくなるのが残念だな。

これからも仲良し夫婦でいてください。

絢音へ。

元気でな。きっと……怒るだろうな。

許してくれよな？

絢音は誰よりも優しいから傷つきやすいけど、泣いてる顔より、笑ってる顔の方がいいと思う。

じゃ……またな。

水嶋　蒼”

4か月間、過ごしたこの家。

絢音とのたくさんの思い出が、部屋のあちこちに残っている。

俺はそっと目を閉じて、深く息を吸い込み、絢音と過ごした時間を思い出していた。

同居した初日、一緒に眠りについた。

ふたりでDVDを見たり、ゲームしたり、音楽聞いたり、星を見ながら朝まで話したこともあった。

夏祭りの夜、愛し合って、涙で濡れた笑顔を抱き締めた。

ここで過ごしたことだけじゃない。

生まれてからずっと、数え切れないくらいの日々を絢音と一緒に越えてきた。

すべてがまるで昨日のことのように思い出される。

これ以上は、いられない……行けなくなる。

じゃあな……絢音。

俺は、荷物の入った鞄を持って、静かに家を出た。

絢音やみんなには、昼頃に出発と伝えていたけれど。

見送られると行けなくなってしまいそうで、俺はひとり黙って出発することにした。

まだ人気(ひとけ)のない、早朝の駅のホーム。

雲ひとつない青い空で、すがすがしい夏の朝だった。

俺は大きな鞄を下に置き、反対側のホームを見つめて立っていた。

16年間過ごしてきた、大好きなこの町ともお別れだ。

絢音がいるこの町に、サヨナラをする。

目を閉じると、この町の匂いがした。

「蒼っ！」

俺を呼ぶ、絢音の声が聞こえる。

「ハァ、ハァ……蒼」

俺は驚き、目をパチッと開けた。

いるはずのない君の姿があった。

「絢音……」

Tシャツに短パン姿で、たぶん起きたまますぐに走ってきたんだろう。

息を切らした絢音が、そこにいた。

「……っ何で？　何で黙って行っちゃうのよ……！」

「ごめん……」

「走ってくる途中、みんなにも急いで電話したんだから！」

“間もなく、３番線に電車が参ります。危ないですから、白線の内側に立ってお待ちください”

電車のアナウンスがホームに流れた。

――ガタン、ガタンッ……ゴォ―――。

電車がホームに入ってくる。

俺たちは何も言えないまま、ただ見つめ合っていた。

「蒼っ！」

遊也の声が聞こえ、ホームの端を見ると、ケンと高梨も息を切らして走ってきた。

「おまえら……」

見送られたら……行けなくなるじゃんか。

「こぉのドアホがっ！　俺もケンも原付なかったら間に合わんかったやんか！」

遊也に、思いっきり肩を殴られる。

「ハハッ……わりぃ」

「笑いごとちゃうで、ホンマ。蒼……元気でな？」

「おう」

遊也と、拳をガチッと合わせた。

「俺ら、どこにいても友達だかんな？　ちゃんと連絡よこせよ」
　そう言ってケンは、目をごしごしと腕でぬぐっている。
「ケン泣くなよ」
「泣いてねぇよ……誰が泣くかっ」
　ケンは俺の顔を見ずに、大きな封筒を俺の胸に押しつけた。
「何だこれ？」
　高梨が微笑む。
「あとで開けてみて？　蒼くん、アメリカ行っても、頑張ってね」
「高梨も元気でな？　ケンと仲よくな……」
「うんっ」
　高梨と、笑顔で握手をした。
「んじゃ、俺らちょっと後ろで待っとくわ」
　そう言って遊也は、ケンと高梨の背中を押して、少し離れた場所に移動した。
　気を遣ってくれたのだろう。
　俺と絢音は、向かい合って立ったまま、ただ見つめ合う。
「……笑って見送ろうって……思ってたのに……」
　絢音の目には涙があふれ、泣くのを必死にこらえていた。
「……うまく笑えないね……ごめん、蒼……」
「いいよ」
　絢音は両手で、俺の右手を力強く握り締めた。
「蒼……ここで待ってるからね。ずっと、ずっと……」
「うん」
「だから、サヨナラは言わないから……」

「うん……」

——ジリリリリリッ……。

鳴り響く電車のベルの音。

「いってらっしゃい」

絢音は、そう言って俺の右手を離し、少し後ろに下がった。

絢音が離れてく……。

「絢音っ……！」

俺だって辛いよ。おまえと離れたくないっ！

「絢音っ」

たくさんの涙が、絢音の頬を伝う。

俺は、絢音をもう一度、強く力いっぱい抱き締めた……。

「蒼……」

俺の腕の中で聞こえる小さな声。

「絢音」

ずっと、こうして抱き締めていたい。

絢音の香りや、絢音の温もり、俺の体中に刻み込むように。

こんなにも愛してることを、忘れないように……。

「帰ってきたら、おまえのこと……世界一、幸せにするから……」

俺は、絢音の耳元で囁いた。

「蒼……」

俺はそっと絢音の体を離し、電車に乗り込む。

「蒼……っ！」

——プシュ——ッ……。

ドアが閉まり、涙を流す絢音の顔を見つめた。
電車がゆっくりと……走り出す……。
「絢音っ」
聞こえるはずないのに……。
「絢音……っ！」
俺は……何度も何度も名前を呼んだ。
「絢音……っ」
必死に走って俺を追いかけてくる絢音を見つめ、俺はドアにもたれかかり、涙を流した。

【絢音side】
「蒼ーっ！」
どんなに泣いても、どんなに叫んでも、蒼は行ってしまう。
あたしは、ホームの先まで必死に走って、蒼の姿を追いかけた。
電車はあっという間に見えなくなり、あたしはその場に泣き崩れた。
「絢音……っ」
美々ちゃんは、泣きじゃくるあたしを抱き締める。
「美々ちゃ……っ……蒼が……行っちゃったぁ……っ」
どれだけ泣いても、もう蒼は遠くへと行ってしまった。
「あたしたちがいるよ……」
美々ちゃんも泣いてた。

あたしの頭をそっとなでながら、ぽろぽろと泣いてた。

遊也もケンちゃんも、大丈夫だって……涙を流していたけど、笑顔で励ましてくれた。

「ありがと……」

蒼……あたしには、みんながいた。

こんなに優しい仲間が、いつもそばにいた。

でも……蒼は？

蒼は、ずっとひとりぼっちだったね。

ごめんね……蒼。

蒼に苦しみを与えたのはあたしだった。

あたしは罰を受けるんだ……。

どれだけ涙を流しても、夏の終わり、大切な君をさらっていく。

ケンちゃんが蒼に渡した封筒の中には、みんなで寄せ書きした色紙を入れた。

“どんなに遠く離れても、蒼のこと好きでいるよ”

あたしは、寄せ書きに、そうひと言残した……。

ふたり愛し合った日々も、傷つけ合った夜も。

永遠を誓い合ったあの夜も。

蒼と過ごした懐かしい幼い日々も。

今でも鮮明(せんめい)に思い出せるのに……。

あたしたちの愛の誓いは、胸の痛みへと変わり、ふたり過ごした日々は、記憶の中に閉じ込められた。

蒼は、約束の２年半後、あたしのところに戻ってこなかった……。

裏切ったのは……誰？

運命は、あたしたちが生まれた時に決まっていただなんて……。

ふたつの星は、何があっても離れないと。

そう、信じていたのに。

第3章

あの日、交わした約束
あの日、誓った永遠

今もこの胸の中で
輝いていたはずだったのに

それも今では涙と悲しみに変わる

弱さの中に生まれた裏切り……

君じゃなきゃダメなのに
君しか愛せないのに

どうして強くなれないんだろう——

遠距離恋愛

【絢音side】

　蒼のいない日々は、遅く感じながらも、確実に過ぎていった。

　蒼がいない初めての春。

　あたしたちは高校２年生になった。

「すごいね、みんな同じクラス」

　そう言ってあたしは、新しい教室に入った。

「あっ！　絢音〜、遅いよっ？」

　美々ちゃんとケンちゃん、遊也がいるところに駆け寄っていく。

　みんなと一緒で楽しくなりそう。

「……あっ！　遊也の彼女も一緒じゃん」

　ケンちゃんが指さす方向を見ると、窓際の席に座っている、髪の長い少女。

　遊也の彼女、美月も一緒のクラスだった。

「もう、彼女ちゃうで？」

　遊也がニコッと笑う。

「えっ？　別れちゃったの!?」

　いつの間に別れたんだろう。

「３か月ぐらい前ちゃう？」

　他人事（ひとごと）のようにサラッと言う遊也。

「今、俺の彼女はアイツや……瑠奈（るな）」

廊下側のいちばん前の席で、男の子たちと楽しそうに笑っている、赤みがかった茶色い髪のショートヘアがよく似合っているその女の子が、現在の遊也の彼女らしい。

「んじゃ、今日のカラオケさぁ、瑠奈も誘おっかぁ？」

あたしが軽いノリで言うと、遊也があたしの腕をつかみ、耳元で囁く。

「ええねん、別れた時めんどくさいから」

「えっ？」

遊也の言葉に、一瞬……戸惑ってしまった。

「遊也さぁ、恥ずかしいんじゃねぇの？　今日は４人でパ〜ッとやろうぜ？」

「そや！　そうしよや〜」

ケンちゃんの言葉に、遊也は笑顔で答えていた。

遊也の恋愛観とか、よく知らないけど。

いつか別れると思って、付き合ってるんだ……。

恋愛＝結婚ってわけじゃないとは思うけど……。

まぁ、まだ高校生だしね。

蒼にプロポーズされたなんて言ったら、みんな笑うのかな。

でもなんか……いつか別れると思って付き合ってるのって……悲しくない？

「そうそう！　みんな同じクラスとか、ビックリだよぉ」

その夜、あたしは自分の部屋で蒼と電話をしていた。

「遊也の元カノも今カノも一緒だし……」

遊也の彼女の話をしたら蒼は、呆れて笑っていた。

『遊也ってさ、よくわかんねぇ時あんじゃん』

　確かにそうかも。

　遊也の心の中には、誰にも入り込めない部分があるような。

　たまにそう思うことがある。

『まぁ、人それぞれ考え方違うし……いいんじゃね？』

「そぉだね」

『また電話するからさ、じゃーな？』

「うん、バイバイ」

　ほんのひとときの楽しい時間。

　蒼との電話を切って、あたしはベッドに勢いよく寝っころがった。

　その日の夜中、あたしはふと目が覚めた。

　時計を見ると、夜中の１時半。

「ノド渇いたな……」

　あたしは台所へ水を飲みに行った。

　──プルルルルル……。プルルルルル……。

　家の電話が鳴っている。

　誰……？　こんな夜中に……。

　──プルル……ッ。

「……はい？」

　あたしは電話に出た。

『…………』

「もしもし……？」

あたしが何度も「もしもし」と言っても、相手は何も言わずに黙ったまま。

『…………』

無言のまま、しばらくして電話は切れた。

──プルルルルル……。プルルルルル……。

再び家の電話が鳴る。

「……もしもし？」

『…………』

またもや相手は無言のまま。

「どなたですかっ？　こんな時間に」

何も言わない相手に、あたしは声を荒らげて言った。

『…………』

それでもしばらく無言のままで、そして電話は切れた。

「ったく！　何なのよ……」

ぶつぶつ文句を言いながら受話器を置き、あたしは部屋に戻っていった。

電話かけてきて、何も言わないなんて……気味悪い。

だけど、無言電話は、その日だけじゃなく。

夜中以外にも、夕方や夜にもかかってくるようになった。

気味悪い無言の電話が、何日も続いた……──。

夜の10時すぎ、コンビニの帰り道。

ポケットの中でケータイが鳴っている。蒼からの着信音だ。

「蒼？」

『絢音……』

蒼の声を聞いただけで、想いはあふれる。

「……ねぇ」

『ん？　何？』

「何で２週間も連絡くれなかったの？」

『ごめん……ちょっと忙しくてさ……』

「２週間も？」

『たった２週間じゃんか』

蒼にとっては、たったの２週間でも、あたしにとっては長い２週間だったよ。

忙しくても、メールくらいくれたっていいのに。

『絢音から連絡してくれてもいいじゃんか』

「何度もメールと電話したもん」

『マジ？　記憶ねぇや。寝ぼけてたかもしんねぇ。ごめんな？』

何それ。ひどい。

日本とアメリカじゃ時差があるのは仕方ないよ。

だけどこれは、時差とか関係ない……気持ちの問題。

蒼が連絡する気、なかっただけじゃん。

「もう、いいよ。別に」

『ごめん、怒んなよ。何かあったのか？』

１か月前から続く、絶えず鳴りやまない無言電話。

蒼に相談してみようか、ずっと迷ってた。

「……別に何もないよ。蒼がいなくても元気でやってるし」

『何だよ、その言い方。連絡しなくて悪かったよ。今……実はさ』

「もういいって」

素直になれなくて、攻撃的な言い方になってしまう。

頭ではわかってるのに、何でこんな言い方しちゃうんだろう。

『聞けよ、話……』

「言い訳とか、いいってばっ！」

思わず道端で、大きな声を出してしまう。

自分が嫌いになりそうだよ。

こんな言い方したいんじゃないのに。

蒼の声聞けて、嬉しいのに。

『絢音……』

悲しそうな蒼の声。

たぶん傷つけた。

久しぶりに声が聞けて、嬉しいはずなのに。

楽しい話をしたかったのに。

今日のあたしじゃダメだ。

泣きそうになるのをこらえたら、ケータイを持つ手がかすかに震えた。

「ごめん……また電話するね」

このままじゃ、ケンカになる。

『絢音……好きだよ』

蒼の気持ちも、わかってる……わかってるのに……。

「……またね」

自分から電話を切ってしまった。

蒼はあたしを信じてくれて、あたしも蒼を信じてる。

けど……。

ケータイを握り締めたまま、その場にしゃがみ込んだ。

好きだって何度言ってくれても……逢いたい。

逢えない距離に、慣れたくない。

ホントは、不安だよ……淋しいよ……。

強くなりたいって思ったのに……ごめん、蒼。

逢いたい……。

蒼の顔。蒼の香り。思い出しては涙流して、流れる時間とともに、ほんの少しずつ薄れていく……。

16年も一緒にいたのに、たった9か月で蒼が少しずつ消えていく。

蒼もそうでしょ……？

だから……せめて声を聞かせて……。

逢えないなら、声であたしをつないで。

涙で景色がにじんで見えた。

――ポツッ……ポツッ……。

さっきまで月が見えていたのに、アスファルトを濡らしていく雨。

――ザ――ッ……。

「すごい雨……」

空も泣いてる……。

【蒼side】

アメリカ・ロサンゼルス。午前6時過ぎ。

——ガチャ。

俺は部屋のドアを開けて、中の様子をのぞいた。

「母ちゃん？」

「……蒼」

2週間くらい前から、また母ちゃんの具合が悪い。

「飯作ったけど……食える？」

「……あまり食べたくないわ」

俺は必死に明るく振る舞っているつもりだった。

辛そうな母ちゃんを元気づけるためにも、なるべく笑いかけようと努力した。

「少しでいいから食えよ。せっかく俺が作ったんだからさ」

「……ええ」

母ちゃんは、ゆっくりとベッドから起き上がった。

母ちゃんは、アメリカに来てから「panic disorder＝パニック障害」と医者に診断された。

母ちゃんは、もとから体が弱かった。

俺が小さい頃も何度も病院に入院していた記憶がある。

それでも母ちゃんは、ほとんど家にはいなくて、外で働いていた。

ストレスをためやすいタイプなのか、物事を気にしやすい性格な母ちゃん。

仕事を辞めて、アメリカに行ったら、環境も変わって、元気になると思っていた。

高1の夏、父ちゃんから電話があった。

『母さんが倒れたんだ……蒼、やっぱり家族が離れて暮らすのはよくない。蒼もアメリカに来なさい』

俺がアメリカに来てからは、母ちゃんの具合はよくなっていたと思った。

でも違った。

ある日、買い物の帰りのことだった。

人ごみの中で突然、母ちゃんがその場にうずくまる。

『母ちゃん！　大丈夫か？』

うずくまったまま、母ちゃんの体はかすかに震えていた。

何かに怯(おび)えたように耳をふさぎ、呼吸が乱れている。

『母ちゃんっ！』

それまでにも、めまいや動悸(どうき)などの症状は、思い起こせば何度かあったんだ。

もっと早く気付くべきだった。

医者に、母ちゃんが精神病の一種でパニック障害だと診断され、俺はすごく戸惑った。不安だった。

それでも、父ちゃんの態度は前と変わることがなかった。

「精神病だって？　そんなの……ただの怠(なま)け病だろ」

父ちゃんは、冷たい口調でそう俺に言った。

父ちゃんの仕事が忙しいのは知ってる。

寝る間もほとんどなく、休みなんてほとんどない。

母ちゃんを負担に感じて、俺を呼んだんだろ？

医者が言ってた。心の病は、周りの人の理解や協力が何より大切だって……。

父ちゃんは家族より仕事が大事なのか？

母ちゃんへの愛情は冷めてしまったのか？

淋しいと感じた。

絢音の両親は、いつも仲がよくて、ふたりで出かけたり、夫婦でも恋人同士のようなのに。

俺は、ずっと小さい頃から絢音がうらやましかった。

温かい家族に囲まれて暮らすことが、どれだけ幸せか……。

将来、結婚したら、俺は絶対に子供に淋しい思いをさせたくない。

食卓に、パンとサラダ、スクランブルエッグを並べた。

「いただきます」

母ちゃんとふたり向かい合って、パンをほおばる。

「蒼は……どんどん料理がうまくなっていくわね」

「そう？　うまい？　いっぱい食えよ」

母ちゃんは、見た目では病気とわからない。

ただ……あまり笑わなくなった。

「私、そろそろ仕事見つけようかしら」

「何言ってんだよ!?　ダメだよ……また倒れるぞ？」

「でもね、何もできない自分がもどかしくて……」

「ダメだって……！　お願いだから、これ以上心配かけないでくれよ」

「ごめんね、蒼」

母ちゃんは悲しげに微笑んだ。

「今の話は聞かなかったことにして」

「ちゃんと元気になってからでいいじゃん。金に困ってるわけじゃねーんだし。無理して働かなくてもさ」
「……そうね」
　母ちゃんはなぜ心の病にかかったのだろう。
　病気は、どうしたら治るんだろう。
「いってきまーす」
　俺は、母ちゃんに聞こえるように大きな声で言ってから、玄関で、くつをはく。
　玄関のドアを開けると、うちの門に寄りかかる女の子。
「蒼っ……おはよぉ」
　俺に気付き、その子は笑顔で顔を上げる。
「……はよ」
「ふふっ……眠そぉだね？」
　色白の肌にスラリと背が高い。
　ショコラブラウン色の髪は胸下あたりまで長く、ふわっとしたゆるいパーマがかかっている。
「行こぉ？」
「うん」
　優しい顔で微笑む彼女の名前は……沙羅（さら）という。
　うちの近所に住む日本人で、俺と同じ高校で１コ年上。
　学校へ行く道の途中で、沙羅が得意の鼻歌を歌っている。
　沙羅の夢は、歌手になることらしく、鼻歌でもかなりうまい。
「それ……誰の歌？」
　俺が聞くと、沙羅は鼻歌をやめ、立ち止まる。

「スティービー・ワンダーの曲」

「何となく聞いたことあると思った」

沙羅は微笑み、鼻歌を続けた。

沙羅の声は……何て言うか、優しい声。

まるで天使のような……聞いているだけで癒される。

よく晴れた青い空。

あくびが止まらない。寝不足が続いてるからな。

「あくびばっかりだね。蒼、あんまり寝てないんでしょ？」

沙羅は心配そうに聞いてくる。

「まぁな」

「お母さん、具合どう？」

沙羅には、病名とか詳しいことは話しておらず、母ちゃんの具合があまりよくないとだけ話してある。

「まぁまぁ」

沙羅が俺の顔をのぞき込む。

「何かあったの？」

「……日本にいる彼女に逢いたいなって……思って」

電話で話しても、ケンカっぽくなってしまう。

「蒼は、こっちに来て9か月だっけ？」

「うん……。顔見なきゃ、伝わらないこともあるよな」

心配かけたくなくて伝えられないことも、絢音をこんなにも好きと思う気持ちも、顔を見て言いたい。

触れたい。抱き締めたい。

受話器から声を聞くたび、胸が痛む。

絢音に逢いたい……。

「彼女、幸せだね」

そう言って沙羅は、優しく微笑んだ。

「蒼にそんなに大切に想われてるなんて」

「大事に思えば思うほど……何も言えなくなる」

絢音に心配かけたくないから。

「蒼……」

何で沙羅にこんな話してんだろう。

「ごめんなっ！　朝からこんな話」

「ううん。沙羅でよければ、いつでも話して？」

沙羅の笑顔は、何て優しい顔なんだろう。

沙羅には、独特な落ち着いた雰囲気がある。

柔らかで、包み込むような。安心する。

俺はひとりっ子だけど、もし姉ちゃんがいたら……こんな感じなのかな……。

夜中の１時過ぎ。

「ふぁぁ〜」

もうすぐテストがあるから、俺は母ちゃんの部屋で勉強をしていた。

大きなあくびをしながら、ノートの上にシャーペンを置く。

母ちゃんは今までも、夜中に発作を起こしたことが何度かあった。

発作が起きた時、できるだけ誰かがそばにいないとパニックに陥ってしまうから、こうやってできるだけ母ちゃんの部屋にいるようにしている。

「蒼……？」

　眠っていたはずの母ちゃんが俺の名を呼んだ。

「起こした？」

「違うわ……目が覚めただけ。勉強してるの？」

「テスト前だから」

「そう……。ねぇ、蒼……ごめんね。私、蒼の負担になってるわね」

「負担だなんて思ってねぇよ」

　母ちゃんの目から涙が流れていた。

「私なんか……いなくなればいいと何度思ったかわかんないわ……」

　母ちゃんの弱気な言葉に、俺はものすごくショックを受けた。

「何でそんなこと言うんだよ……」

「蒼にもお父さんにも……負担になってるんだもの……」

　父ちゃんはきっと、今日も家に帰ってこない。

　父ちゃんは仕事を理由にして、母ちゃんから逃げてるだけだ。

「ごめんね……蒼……ぅぅ……っ……」

　母ちゃんの泣いている姿を、初めて見たかもしれない。

「泣くなよ……」

　俺も泣きそうになり、声をつまらせた。

　母ちゃんの涙。こんなに辛いんだって、こんなに胸が苦しいって、初めて知った。

「発作が起きるたびに……死ぬんじゃないかって……恐怖

に襲われるの」

母ちゃんは俺の手を握る。

「発作だっていつ起きるかわからない……」

「あんま深く考えんなよ」

「怖いの……シッカリしなくちゃいけないのに……私はお父さんの妻で……蒼の母親なのにって……」

泣いて震える母ちゃんの手を、さすり続けた。

「……蒼……ごめんね……」

落ち着かせるためにも薬飲ませた方がいいかな。

「何度も謝んなよ」

握った手が汗で湿っぽい。母ちゃんの額を見ても、汗をびっしょりかいていた。

パジャマも着替えるだろうと思い、俺は代わりのパジャマを取りに行こうと、ドアノブに手をかける。

「死にたい……でも死ねない……」

背中から聞こえた、残酷な言葉。

母ちゃんの口から、いちばん聞きたくない言葉だった。

母ちゃんの言葉が頭の中でくり返される。

「……そんなこと言うなよ、母ちゃん……頼むから」

声が震えた。胸が引き裂かれそうだ。

「今まで母ちゃん頑張りすぎたんだよ。ゆっくり休めばいい。そしたら少しずつ元気になるって……」

「いつ自分の調子がよくなるのか、先が見えなくて……不安なのよ」

「小さい頃から、父ちゃんも母ちゃんもほとんど家にいなかったじゃん？　だから俺さ、今家に母ちゃんがいることが嬉しいんだよ」
「蒼……」
「俺のために料理作ってくれよ。俺は……母ちゃんの料理がいいんだ」
　母ちゃんは薬を飲み、しばらくすると落ち着き、眠りについた。
　俺は母ちゃんの顔を見ながら、母ちゃんが言った言葉を思い出していた。
“死にたい……でも死ねない……”
　少し前の絢音も、そうだった。
　人は、そんなに弱いのかな。
　俺は、強くなりたい。
　死にたいって思うくらい、辛い日もある。
　どうしようもないくらい孤独な時もある。
　でも人は、いつか死んでしまうのだから、その日まで生きるべきだ。
　逃げ出さないで、戦う。
　何より自分を信じることだ。
　あきらめたらいけないと思う。
　人は誰もが孤独で、悩み悲しみを抱えて生きてる。
　俺だけじゃない。
　みんな頑張って必死に生きてる。
　そう言い聞かせて、なんとか精神を保っていた。
　夜空に輝く無数の星たち。

部屋の窓を開け、ふたつ星を探した。

“あのふたつ星のように、あたしたち……いつも一緒だよ”

幼い頃の俺らを思い出す。

なぁ……絢音。

こんな日は。

俺の大好きな、おまえの笑顔を見たくなるよ。

目を閉じれば、いつでもおまえの笑顔に会えるけど、幻(まぼろし)は、すぐに光に消えてしまうんだ。

毎晩のように、あのふたつ星を探した。そして、願っていた。

自分自身に負けませんように……。

どんなに遠く離れていても、絢音が応援してくれていると、心はいつもそばにあると信じてる。

絢音がいるから俺は、強くなれる。

――ブーッ……ブーッ……。

テーブルの上に置いたマナーモード中のケータイが、振動している。

絢音かな……？

ケータイの画面を見ると、電話ではなく、メールだった。

しかもメールを送ってきた相手は、絢音ではなく沙羅。

俺は少しガッカリしてしまった。

【起きてる？】

沙羅からのメッセージ。

こんな時間にどうしたんだろう……。

【起きてるけど。どーした？】

　メールを返信すると、すぐに返事があった。
【ちょっと外に出てこれる？】
　こんな時間に呼び出すなんて、沙羅に何かあったのだろうか。
　俺が外に出て周りを見渡すと、道路沿いのヤシの木のそばに立つ街灯に、沙羅は寄りかかって立っていた。
「こんな時間にどーした？」
　俺は沙羅のもとに駆け寄る。
「うん……」
　沙羅は、何だか気まずそうにうつむく。
「沙羅？」
　俺が沙羅の顔をのぞくと、沙羅は真剣な瞳で俺を見つめた。
「蒼、もしかして……泣いてた？」
「……泣いてねぇよ」
「蒼の目、赤いよ？」
　街灯の光でちょうど顔が照らされる。俺は目をそらした。
「目が赤いのは、眠いだけ」
「蒼……」
　一瞬……何が起きたのかわからず、頭が真っ白になった。
　目の前には、目を閉じた沙羅の顔。
　唇に柔らかい感触。バニラのように甘い沙羅の香りが広がる。
　驚き動けずにいた俺が、ハッと意識を戻すのと同時に、沙羅の唇が離れた。
「……沙羅……何してんだ？」

沙羅の目を真っすぐに見つめた。

「アメリカ風に、あいさつのキス……？　俺、日本人なんだけど……」

「沙羅も日本人だよ？」

沙羅は俺の頬に手を伸ばし、触れた。

「……からかうなって」

俺は沙羅の手を思いきり振り払った。

「沙羅が……蒼のこと支えてあげる……」

そう言って沙羅は、俺を強く抱き締めた。

「蒼のことが好きなの」

「こんな時間に呼び出して何言ってんだよ」

俺は沙羅の体を勢いよく、突き放した。

「ずっと言おうって思ってた」

沙羅の突然の告白に、ただただ戸惑うばかりだった。

沙羅は、俺にとっては姉みたいな存在だと、勝手に思い込んでいたから。

「蒼のことばっか考えちゃうの……眠れないくらいに……」

「俺は、絢音だけだから……。ごめん……」

「……彼女になれるなんて思ってない」

沙羅の、その大きな瞳には涙があふれていた。

「けど……支えてあげたい……。受け止めてあげたいの……彼女に言えないことも、淋しさも……。だって今、蒼すごく辛そうなんだもん……」

「俺は大丈夫だって、言ったろ……？」

「全然大丈夫なんかじゃない！　蒼が苦しんでるのは辛い

よ……沙羅にもっと甘えてほしい……」

人は、弱いもので。辛い時、苦しい時、手を差し伸べてくれた人にどうしても寄りかかってしまう。

それは決して悪いことではないと思う。

支え合うことは素晴らしいと思う。

それでも、差し伸べられた手をすべて握り締めたら、自分の力さえ見失ってしまう。

俺には、誰より大切にしなきゃいけないものがある。

「……強くなりたいんだ」

そう言って俺は、涙を流す沙羅の頭に手を置いた。

「正直、沙羅の気持ちすげぇ驚いた。今まで全然気付かなかった。ごめんな。……でもありがとな。沙羅がくれた言葉、忘れない」

「蒼……」

「でも俺、絢音しか考えらんね」

過去も、現在も、未来も。

俺の愛する人は、たったひとり……。

「俺は、もっと強くなる。絢音を大切にしなくちゃいけないんだ」

俺はひとりじゃない。

どんなに遠く離れていても、俺の心にはいつも、絢音がいる。

「沙羅は、蒼に何もしてあげられないの？」

沙羅は俺の腕をギュッとつかんだ。

「俺、沙羅の歌声……すげぇ好きだよ。さすが歌手目指してるだけあるなーって思う」

「急に何？」

「沙羅の歌声ってさ……何か癒されんだよ」

俺が微笑むと、沙羅は涙を必死にぬぐい、俺を見つめた。

「……ほんとに？」

「だからさ……俺が落ち込んだ時は、歌ってくれよ。それだけでも十分だよ」

いつもの優しい笑顔に戻った沙羅。

「いつでも歌ってあげるから」

その透き通った優しい声で、俺に歌を歌ってくれ。

どんなに孤独でも、どんなに距離が離れていても、俺は誓った愛を裏切ったりしない。

これから何があっても。絢音。

俺はおまえを愛してるよ……。

裏切り

【絢音side】

６月になり梅雨(つゆ)に入って雨の日が多い日々が続いていた。

「……はぁ」

あたしは、窓際の席で頬杖(ほおづえ)をつき、ため息をもらす。

降りしきる雨で、窓の外は灰色の世界。

「どしたん？　ため息なんかついて……」

遊也が後ろからポンとあたしの頭を叩いた。

「別に何でもないよ」

「蒼とケンカでもしたんか？」

「……してない」

この間、蒼から２週間ぶりに電話が来て、少し言い合いになった。

でもそのあとの蒼は、３日に一度は電話をくれるようになった。

それは嬉しいのだけれど、気になることがある。

蒼との電話で、いつも感じる。

蒼の様子がおかしい……。

何かわからないけど、無理して元気にしてるような、そんな蒼の声……。

『最近どぉ？』

『学校で何かあったぁ？』

あたしが聞いても、蒼の答えはいつも同じ。

『ふつー』
『別に何もねぇよ』
　蒼はそれしか言わない。
　会話が途切れてしまうのが嫌で、あたしは自分のことばかり話していた。
『蒼はどぉ？』
　しつこく聞いても何も言ってくれない。
　淋しくもあり、不安にもなる。
　でも……蒼を信じることくらいしか、今のあたしにはできないんだ。
「今日うちにみんな来るんやけど……絢音も来ぃひん？」
　遊也はしゃがみ込み、あたしの机に腕と顎を乗せてニコッと笑う。
「誰が来るの？　ケンちゃんと美々ちゃん？」
「……と、瑠奈や」
　瑠奈は、遊也の彼女。
「何か……あたし邪魔じゃない？」
　遊也は、前まで別れた時にめんどくさいからって、あたしたちと遊ぶ時は、瑠奈を誘わなかった。
　瑠奈とうまくいってるのかな。
　それならそれで、嬉しいことだけど。
「何で邪魔やねん？　わけわからへん」
「カップル同士にあたしひとり……みたいなさ？」
「アホ。俺バイトやから、夜10時に俺ん家、集合な？」
　遊也は、あたしの返事を待たずに、自分の席に戻っていった。

　雨音がどんどん強くなる。雨が嫌い。心がどんどん憂うつになってく。
「今日は……雨やまないのかな」
　何か、胸騒ぎがする。

　夜の9時。
　家で、あたしはママとソファに座り、テレビを見ていた。
「ただいま」
　玄関からパパの声が聞こえ、ママが嬉しそうに玄関の方へ駆けていく。
　本当に仲がよいよね。娘が呆れるくらいに。
「おかえりなさ〜い！」
　いい年してママってば、どんだけパパのことが好きなわけ？
　家に娘を残して、よくふたりでデートに出かけていくしさ。
　呆れるほど仲がいいけど、本当は自慢でもある。
　あたしも蒼と結婚したら、こんな仲良しな夫婦になりたいなって理想でもある。
　パパとママは、あたしの憧れ。
　──プルルルル……プルルルル……。
　今日も家の電話が鳴り響く。
「はい、もしもし？」

『…………』

あたしが何度“もしもし”と言っても、相手は何も言わない。

そう、あれからずっと無言電話は続いていた。

「イタズラなら、やめてください」

ガチャッと、電話は切れた。

ママとあたしは警察に相談しようと言ったんだけど、パパが子供かなんかのイタズラだろうって言って、しばらく様子を見ることになった。

でもこんなに続くと気味が悪い。

誰なんだろう？　ただのイタズラ……？

電話が鳴ると、思わず体がビクッと反応してしまうくらいになっていた。

「あら……また無言電話？」

怪訝（けげん）そうにママがリビングに戻ってきた。

「うん……」

「まったく何なのかしらねぇ」

ママが首をかしげる。

「絢音。ちょっと来なさい」

パパがリビングのドアから顔を出し、あたしを呼んだ。

「何？　パパ……」

パパを追いかけて、あたしはパパの部屋へと入っていった。

――パタンッ。

パパの部屋のドアを閉めて、あたしは立ったままドアにもたれかかった。

「パパ……何？」
　パパはスーツを脱いで、ハンガーにかけている。
　そして、あたしに背を向けたまま話し始めた。
「絢音」
　パパの声はいつもより低くて、真剣な話なんだろうと察した。
「絢音、蒼と付き合ってんのか？」
　まさかその話だとは思わず、あたしは言葉をつまらせた。
「えっと……何で……？」
　何で気づいたんだろう……？
　ママが言ったのかな？
　でも、今はもう蒼と一緒に住んではいないし、蒼と付き合ってることを秘密にしなくてもいいかなと思った。
「うん……付き合ってるよ」
　振り返ったパパの顔を、あたしは見つめた。
「そうか……いつからだ？」
　パパは冷静な口調で、淡々と聞いてくる。
　雰囲気がいつもの優しい顔のパパじゃなかった。
「いつからだと聞いてるんだ……答えなさい、絢音」
「パパ……」
　どうしてそんな怖い顔で聞くの？
「付き合い始めたのは、高校１年の時……」
　あたしがパパから視線をそらすと、パパは深くため息をついた。
「……同居していたからか？」

「違うっ……！　あたしはずっと小さい頃から蒼が好きだったの」

「絢音から言ったのか？」

「蒼も、あたしをずっと好きだったたって言ってくれた」

パパの目が怖かった。

あたしは真っすぐに見つめることができなくて、うつむいた。

「何でパパに黙ってたんだ？　そんなことなら同居させなかった」

「……それは、ごめんなさい」

「小さい頃からケンカばかりしてたじゃないか。まさかふたりが付き合うなんて、思ってもなかったんだよ」

「あたしも蒼と付き合えるなんて思ってなかった。蒼はすごくモテるし……」

パパ……黙っててごめん。

あたしを心配してくれてるんでしょ？

年頃の娘を心配するのは、当然だものね。

でも蒼のよさなら、パパがいちばんわかってるはずじゃん。

「蒼はダメだ……」

そう言ってパパは、あたしに背を向け、鏡を見ながらネクタイをゆるめている。

「な、何で？　怒ってるの？　でももう蒼は一緒に住んでないし……」

あたしは必死に理由を尋（たず）ねた。

「パパに黙ってて悪かったけど、何も心配いらないよ？」

「そうじゃない」

「じゃあ何？」

　そうじゃないって……どういうこと？

　パパの言ってる意味を何ひとつ理解できなかった。

「理由なんてない、蒼はダメだ」

　いつものパパじゃない。

　こんな頭ごなしに物事を言う人じゃないもん。

「パパ……」

「蒼と別れなさい」

　予想もしてなかった、パパからの反対。

　どうして……？

　パパは蒼をすごく可愛がっていたのに。

「パパに反対されたって、関係ない……！」

　すごく悔しい。

　パパなら蒼のことわかってくれると思ってた。

　喜んでくれると思ってた。

「絢音！」

「自分の好きな人は、自分で決める。パパには関係ないから」

「パパの言うことが聞けないなら、この家から出ていきなさい」

　パパは無表情で、それがあたしにはすごく怖かった。

「話は終わりだ。蒼と別れなさい。いいな？　パパは風呂に入ってくる……」

　──パタン。

パパは部屋を出ていった。

意味わかんないよ。

何でそんなに反対するの……？

年頃の娘だもん。彼氏くらいいたっておかしくないじゃん。

蒼が一緒に住んでる時は、男女が付き合うといろいろ心配なことはあると思う。

でも、パパは“理由なんてない”ってそう言った。

理由もなく頭ごなしに反対されて、納得できるわけないじゃん。

「もぉっ！」

——ガタッ……ガチャッ！

「イッ……たぁい……」

テーブルの角に足の小指を思いきりぶつけ、その反動でパパのケータイが床に落ちてしまった。

「壊れてないよね……？」

あたしはすぐにパパのケータイを拾った。

ケータイが壊れていないか確認のため、操作をする。

「……何で？」

そこには見覚えのある名前があった。

受信メール一覧画面。

“水嶋みずほ”

蒼のお母さんの名前ばかりだった……。

「これ……どういうこと……？」

あたしは、おそるおそる、メールを開いてみた。

＊＊＊＊＊＊＊＊＊＊＊＊＊

Ｆｒｏｍ　水嶋みずほ

電話に出てください。

涼介(りょうすけ)さんの声が

聞きたいんです……。

＊＊＊＊＊＊＊＊＊＊＊＊＊

「何……このメール……」

蒼のお母さんが……パパの声聞きたいって……何で……？

それ以上見てはいけない気がした。

だけど、見なきゃいけないような気もした。

もしかしてと、ありえないストーリーを頭の中で一瞬で描きながら、あたしはどんどんメールを開いていった。

【涼介さんに会いたい】

【涼介さんが忘れられない】

【電話に出てくれないんですね。忙しいんですか？】

【そちらが夜中の時間に電話します。ケータイに出てくれないなら、家に電話します。お願いだから出てください】

そのとき、ハッと気づいた。

ずっと続いていた、あの気味の悪い無言電話は、蒼のお母さんだったの……!?

【私の淋しさを埋めてくれるのは、涼介さんしかいないんです】

【私たち一緒にはなれないのですか？】

メールを見ていくたびに、ボタンを押す指先が震え出す。

“涼介さん……愛してる”

　決定的な言葉だった。

　あたしが一瞬で頭の中で描いたストーリーは、現実のものとなった。

　涙が頬をゆっくりと伝う。

「……どうして？　パパ……どぉしてよぉぉぉ……」

　パパとママは、あたしの憧れだった。

　ママのこと、愛してたんじゃないの…？

「こんなの……嫌だよ……」

　泣き声が漏れないように、その場にうずくまった。

　パパと蒼のお母さん……不倫してたってこと……？

　あたしはケータイを握ったまま、動けなかった。

　体に力が入らない。

　ただ呆然とケータイの画面を見つめていた。

　パパと蒼のお母さんが……？

　よりによって、どうして……？

　小さい頃からの、パパとのたくさんの思い出が一気によみがえってくる。

　温かくて、優しいパパだった。

　パパの笑顔が好きだった。

　パパの笑う声が好きだった。

　ママとよくデートに出かけるパパが好きだった。

　仕事で疲れてるはずなのに、一度も愚痴(ぐち)を言わないパパを尊敬してた。

　困ってる人をほっとけない、イイ人すぎるパパが好きだった。
　小さい頃、休みのたびに、蒼にサッカーを教えてるパパがカッコよかった。
　なのに……何で？
　何で……あたしとママを裏切ったの……？
　ううん、あたしたちだけじゃない。
　パパは蒼も、蒼のお父さんも、みんなを裏切った。
　涙が止まらない。ねぇ……嘘だよね……。
　こんなの信じたくないよ。
　パパ……。
「……ヒッ……ぅぅ……っく……」
　――ガチャ。
　泣いていると、あたしの背後で部屋のドアが開いた。
「絢音、まだパパの部屋にいたのか？　何して……」
　ゆっくり振り向くと、お風呂から上がってきたパパが、パジャマを着て、濡れた髪をタオルで拭きながら立っていた。
「……パパ……どぉいうことか……説明して……」
　あたしはパパのケータイを、パパの足元に思いきり投げつけた。
「蒼のお母さんと……いつから不倫(ふりん)してたの……？」
　パパは驚いた表情を見せる。
「無言電話も相手が誰だか知ってたから。だからパパは警察に届けたくなかったんだね」
　パパの表情は堅いままで、あたしの肩に手を伸ばしてきた。
「絢音……話を聞いてくれ」

──パシンッ……！

「触らないでっ！」

あたしに触れようとしたパパの手を、叩いてはねのけた。

「その汚い手で……あたしに触らないで……」

あたしは泣きながら、パパをにらみつけた。

「蒼と別れろって言ったのは、パパと蒼のお母さんが愛し合ってるからだったんだね……」

許さない……。

汚い……汚すぎるよ……！

自分のために、娘を犠牲にするなんて。

「裏切り者……！　信じてたのに……パパのこと……。なのに……」

「絢音、落ち着きなさい。もう、みずほさんとは終わったことだ」

「終わったこと……？　落ちつけって？　ふざけないでっ！冷静でいられるわけないでしょ！」

「大声出さないでくれ。ママに聞かれてしまう……」

大人は汚い。今、心底自分の父親を軽蔑（けいべつ）した。

でも、ママが傷つくのは嫌。

あたしは口を押さえて、涙を飲み込んだ。

「……メール見たんだから……蒼のお母さんとパパがどうして……？」

「絢音、パパは、ママを愛しているよ」

よくも平然とそんなこと言えるなと思った。

「嘘つき……あんなにママと仲良かったのに。デートしてたりしたのも、不倫してるからって、ママへの罪滅ぼしのつもりだったわけ!?」
「違うよ……ママを愛してる」
「ママを愛してるなら、何で裏切ったの？　どうして蒼のお母さんと？」
　ママが可哀想だよ。
「……それは」
　パパは目をそむけた。
「何とか言ってよぉ」
　パパの腕をつかんで体を大きく揺さぶった。
「みずほさんは……パパの初恋の人だったんだ」
　初恋の……人……？
「ママと出会って、初恋は忘れかけていた」
　お互いに結婚して、偶然にも隣同士になったというの？
「初恋の人と再会したからって、どうしてこんなことになるわけ？」
「初めは、相談に乗っていただけなんだ……」
　相談に乗っているうちに、愛し合うようになったわけ？
　最低としか言いようがない。
「パパなんか嫌い……大っ嫌い」
　あたしは近くにあったクッションをパパに投げつけた。
「すまない……パパも後悔してる」
　本当に最低な大人たちだと思った。
「蒼のお母さんは今でも、パパを想ってるようなメールだった」

想像しただけで、汚い、気持ち悪い。

「もういい……お願いだから、ママには絶対にバレないようにして」

「絢音……」

「無言電話もどうにかして」

傷つくのは、あたしだけで十分。

ママまでこんな思いさせたくない。

「でもあたしは、一生パパを許さないから」

裏切り……。

愛するモノに、癒えない、消せない、深い絶望を与える。

あたしはパパを、たぶん一生許せない。

信じていた。パパだけは浮気なんてするはずないと。

不倫なんて、ドラマの中の話だって思ってた。

しかも自分の父親がしていたなんて。

世の中の男の人たちみんなが浮気をしたとしても。パパだけは……絶対にしないと信じていた。

信じる気持ちが大きければ大きいほど、裏切られた時の悲しみは大きい。

パパの部屋を出ようと、ドアノブに手をかけた。

「パパ……言っておくけど、あたしは蒼とは別れないから」

「それだけは頼むから、言うこと聞いてくれ」

「裏切ったパパが、あたしに何か言える権利なんてない」

あたしがにらむと、パパは目をそらした。

「どうして？　パパのせいで何であたしたちが別れなきゃなんないの？」

「……それは」

パパと蒼のお母さんが不倫をしていた。

それが終わったことだと言うなら、なおさらあたしたちには何も関係ない。

そんな汚い愛で、あたしたちの純粋な愛を壊させはしない。

不倫は罪なのだから。パパは罪を犯したんだよ。

「蒼はな……」

パパの声に、ドアノブを回した手を止める。

「蒼は……パパの子供かもしれない……」

今……何て言った……？

蒼が……パパの子……？

あたし頭がおかしくなったの？

何か聞き間違えたの？

「嘘……でしょ？」

そしたら、あたしたち……。

「あたしと蒼は……兄妹ってこと……？」

蒼の顔は、蒼のお母さんによく似ている。

大きな目、すっと伸びた鼻……顔立ちだけじゃなく、雰囲気も似ている。

蒼が蒼のお父さんに似ているところを、必死に思い返してみた。

蒼のお父さんは、小さい頃から仕事人間で、ほとんど家にいなくて、あたしもあまり会うことができなかったから。

似ている部分なんて、思い出せなかった。

　蒼がパパの子供……？

　あたし……気がおかしくなりそう……。

「ねぇ……もしかして、自分の子だから蒼のことを可愛がってたの……？」

「……可能性があると言っただけだ」

　苦しさ、悲しみ、それ以上に激しい怒りを覚えた。

　自分が自分でいられなくなるような気がした。

「蒼のお母さんが言ったの？　蒼はパパの子供だって？」

　あたしは、自分の震える左腕を必死に押さえ込む。

「ひどぃよぉ……そんなこと今さら言われても困る……！」

　――ガチャ……バタンッ!!

　あたしは、そのまま家を飛び出した。

　傘も持たずに、真っ暗な夜の雨の中を無我夢中（むがむちゅう）で走り続けた。

　最低……！　最低……！

　パパなんて大嫌い……！

「蒼っ……ハァッ……ハァッ……」

　好きだよ、大好きだよ。

　蒼……誰よりも愛してるよ。

　――バタッ……。

　道路の真ん中で石につまずき、思いきり前のめりに倒れ込んだ。

　痛い……。

　立ち上がる力もない。

　倒れたまま、左手の薬指に光る、蒼からもらった指輪を見つめた。
「蒼……今すぐ会いに来て……会いたいよ……」
　あたしを助けて……あたしを抱き締めて……。
　雨は、激しく降りそそぐ。
　蒼……あたしたちは結ばれない運命だって、生まれる前から決まっていたのかな。
　変えることができない運命なら、あたしたち何で惹かれ合ったんだろう……。

【遊也side】
　傘を差しとっても体が濡れてしまうほど、雨は強くなっとった。
「すっごい雨やな……」
　俺は今、居酒屋のバイトを終え、家に歩いて帰っとる途中。
　制服のズボンのポケットの中で、ケータイが鳴った。
「ケンー？」
『あー遊也？　バイトおつかれ〜』
「もう俺ん家に着いたんか？　まだ22時前やで？」
『いや……今、美々ん家にいるんだけどさ。今日俺らパスするわ』
「えっ？　何でや？」
『雨すげぇ降ってるしさぁ……美々がちょっと風邪気味なんだよ。そーゆーことで、じゃな！』
「お、おい、ちょー待てやっ！……って切れとるがな」

一方的に切りやがって。

美々のやつ、今日学校でピンピンしとったやんけ。

風邪ひいてそうな気配、一切なかったんやけど。

まぁどーせ、美々とラブラブやって出かけんのが、ダルくなったんやろ？

どーすんねん。絢音も誘ってもーたやんけ。

瑠奈と３人……何か気まずいんやけど。

「あぁー、びしょびしょや」

濡れた制服をパタパタとさせながら、アパートの階段を駆け上がると、俺ん家のドアの前で、うずくまっている女がおった。

「おかえりっ」

「もう来たんか。雨降って寒いのに風邪ひくで？」

待っとったんは、瑠奈やった。

「中、入れや」

「うん」

鍵を開け、瑠奈を部屋の中に入れる。

「おじゃましまぁーす」

「おぉ」

俺はびしょびしょに濡れたくつを脱ぐ。

「さっきケンから電話あってな、美々とふたり来ぇへんって」

「そうなの？」

「絢音には悪いけど、断って今日はふたりで過ごそか」

「うんっ」

　瑠奈が嬉しそうに返事して、台所へと向かう。
「遊也？　軽くなんか作ろっかぁー？」
　瑠奈が、台所から顔をひょこっと出して微笑んだ。
「そやなぁ……今日バイト忙しくてなぁ、まかないそんな食えへんかったし……」
「パスタでも作ろっかな」
「あぁ、頼むわ」
　瑠奈は満足そうにオッケーと答え、冷蔵庫の中をあさり始めた。
「絢音に断りの電話せんとな……」
　俺はソファに寝っころがり、絢音のケータイに電話をかける。
　――プルルルル……プルルルル……。
　出ないやんけ……アイツ。
　呼び出し音が鳴り続ける。
「絢音、何してんねん……」
　――プルルルル……プルルルル……プッ……。
「絢音？　今日なんやけど……絢音？　聞いとるんか？」
　電話の向こうからは、雨の音しか聞こえへん。
「……おまえ、外におんの？」
　受話器からやっと聞こえた微(かす)かな細い声。
『……遊也……っく……ひっく……』
　絢音が泣いとった。
「おまえ今、どこにおんのやっ!?」
　この大雨の中、ひとりで泣いとんのか……？　何があったんや。
『……こうえ……ぅぅ……っく……』
「おいっ!?　息苦しいんか？」
　まさか絢音、また過呼吸が……。
　過呼吸になるくらいにショックなことがあったっちゅーことやな。
“——……カンカンカンカンカン……”
　電話の向こうで、踏切の音が聞こえた。
　俺はこの街の踏切のそばにある公園を頭の中で必死に探した。
　あそこか……！
「すぐ行ったるから！　そこで待っとけや!?」
　俺は急いで財布とケータイを持ち、玄関に向かう。
「ちょっと遊也！　一体どーしたのよっ!?」
　瑠奈が台所からあわてて出てくる。
「説明してる暇ないんや」
「遊也!?」
　——ガチャ……。
　俺はくつに足を入れ、玄関を飛び出した。
「ちょっとぉ！　遊也っ！　すぐ帰ってきてよっ!?」
　後ろから聞こえた瑠奈の声に返事をする余裕さえなかった。
　すぐに行くからな。
　絢音、どうか無事でおってくれ……。
　どしゃ降りの雨の中、俺は必死に走り続けた。

「絢音……何があったんや……」

　こんな雨の中で、何泣いとんねん。

　冷たくて寒いやろ……？

　ひとりで淋しいやろ……？

　怖がりなくせに、こんな夜にひとりでおるなんて。

　俺がすぐに行くからな……！

　だから、頼む。どうか、無事でおってくれ……。

「絢音ーっ！」

　踏切近くの公園にやっとの思いで着いた。

　息を切らしながらも、俺は公園の中を見渡す。

「……っ……ハァハァハァ……」

　大きな木の下で、うずくまる絢音の姿を見つけた。

「絢音……っ！」

　俺が大きな声で叫ぶと、絢音は顔を上げる。

「……遊也ぁ」

「絢音っ」

　俺は、絢音を強く抱き締めた。

「過呼吸なったんやろ？　大丈夫なんか？」

　絢音は小さくうなずく。

「ごめんね。雨の中……」

「そんなん、おまえのためなら、どこでも駆けつけるで……」

　震え泣いとる絢音を見てしもーたら、自分の感情を止められんようなった。

　ただ夢中で絢音を助けたくて、絢音のそばにおりたくて。

　だって……俺は、絢音のことが好きやから……。

髪や服の裾から水がしたたり、アパートの階段や廊下が濡れていく。

不安そうな絢音の頭をなで、俺は自分の家のドアノブに手をかけた。

——ガチャ。

絢音の背中を押し、家の中に入れる。

「おかえ……り……」

台所から走って出てきた瑠奈が、絢音に気付いて黙り込む。

「絢音、シャワー浴びろや。そこのタオル使ってええよ。着替えは俺の服やけど我慢してや」

「でも……」

絢音が瑠奈の顔を見ると、瑠奈は目をそむけた。

絢音の体はガタガタと震えとる。

このままじゃ風邪をひいてしまう。

「ええから」

絢音を無理やり洗面所に押し込み、ドアを閉めた。

俺は黙り込む瑠奈の前を通り過ぎ、ソファに座った。

「遊也、どぉいうこと？　何で絢音が？　今日はうちらふたりだけで過ごすんじゃなかったの？」

瑠奈は、俺にタオルを投げつける。

テーブルに目をやると、瑠奈が作ったクリームソースのパスタが２皿とサラダが並んどった。

「パスタ冷めちゃったし。温め直すね……」

瑠奈は、俺の顔を見ずに皿を手に持つ。

「瑠奈……今日んとこは、帰ってくれへんか？」

「何で……？　今日はふたりで……」
「状況が変わったんや」
　俺の言葉に瑠奈は、立ち止まってうつむく。
「……嫌。帰らない」
「聞こえんかったんか？　今日は帰れ言うてるやろっ」
　俺の大きな声に瑠奈の肩がビクッとなる。
「どぉして？　遊也は、彼女よりも友達が大切？　彼女はあたしでしょ？」
　瑠奈がこんなふうに、本音を話したんは初めてかもしれへん。
　今まで俺に歯向かったこともなければ、ワガママを言ったこともなかった。
「絢音、何かあったみたいなんや。ほっとけないやろ……？」
「遊也はやっぱり、絢音しか見えてないんだね……」
　そして瑠奈は初めて、俺の前で涙を流す。
「泣いてないから……重い女とか思わないで……」
　そう言って瑠奈は、俺に背を向けた。
「瑠奈」
「本当は絢音のことが好きなんでしょ？」
　瑠奈の声は、震えとった。
「いつか振り向いてくれるかもって思ってた。あたしがあきらめなかったら……いつか……」
　俺は、大きく息を吐き出す。
「俺は最低なヤツや……」
「ずるいよ……自分で言うのは。憎めないじゃん……」

「憎んでええよ」
「もういいよ。帰る……バイバイ……」
瑠奈は鞄を取り、俺の家から出ていった。
初めは、誰でもよかったんや。
めんどくさくない女なら。孤独を埋められれば。
抱き合えれば、誰でも。
美月も瑠奈も、俺の気持ちに気付いとった。
美月は、一緒におっても、泣いてばかりやった。
瑠奈は俺の前で、何も聞かずに、涙も流さずに、いつも明るく振る舞っとった。
そんな瑠奈に、俺は甘えようとした。
ごめんな……最後の最後に泣かせてもうて。
せやけど俺はどうしても、絢音をほっとけないんや……。

絢音の後に俺もシャワーを浴びて、部屋着に着替えた。
「服……ぶかぶかやな」
絢音の服が乾くまで絢音に俺の服を着させたんやけど、大きくてブカブカやった。
「髪、ちゃんと乾かさんと風邪ひくで？」
ソファの上で俺は絢音の後ろに座り、絢音の髪をタオルで拭く。
髪からシャンプーのいい香りが漂う。
「遊也……自分でやるからいいよ」
「俺は美容師を目指すことにしたんや。遠慮すんなや」
「嘘ばっかり」

「バレたか？」
　俺の冗談に絢音が少しだけ笑ってくれた。
「ねぇ、遊也……瑠奈は……？」
「あぁ……帰ったで」
「今日ってみんなで集まるんじゃなかったの……？」
「中止や」
　絢音がしばらく黙り込む。
　俺は絢音の髪を乾かし続けた。
「……瑠奈が帰ったのって……あたしのせいだよね？」
「ちゃうよ。俺のせいや」
「ううん、あたしのせいだよ。瑠奈は遊也の彼女なのに……傷つけちゃった。あたしなんかのために、ごめんね」
「それより何があったんや？」
「……蒼と……別れなきゃいけなくなった……」
　俺は思いもよらない言葉に驚き、髪を乾かす手を止める。
「何言うてんねん。ケンカでもしたんか？」
「違うの」
「まぁ遠距離恋愛っちゅーのは、なかなか大変やと思うわ。淋しいやろーけど、おまえらなら大丈夫やって」
「違うの、遊也……蒼とケンカなんてしてない」
「ほんなら……何が原因なんや？」
　絢音は黙り込んだ。
　蒼と何があったんや。別れるなんて言い出して……。
「話したくないんやったら無理せんでええよ。せやけど……おまえが別れるなんて言うから……」

絢音は俺の目を見つめる。

その目にいっぱいの涙をためとって、俺はただ切なくて、苦しくてどうしようもなかった。

ふたりに一体何が……？

「……嘘みたいな……本当の話……遊也は信じる……？」

絢音は声を震わせて言った。

「俺は絢音の言うことなら信じるし、俺はいつもおまえの味方やで？」

「うちの……」

絢音は胸元をぎゅっとつかんで言った。

「うちのパパと……蒼のお母さん……不倫してたの……」

一瞬、絢音が何を言ったんか理解できへんかった。

「……今……何て言うたんや……？」

絢音の父親と蒼の母親が不倫……？

俺はあまりの衝撃にしばらく言葉が出てけぇへんかった。

沈黙の間、外の雨音だけが聞こえとった。

「せやけど、今、蒼の母親はアメリカにおるやんか」

「パパの初恋の人なんだって……」

「……絢音、ショックやろうけど、親のせいで振り回されてええんか？　おまえらは何も悪くないやんか」

泣きじゃくる絢音の背中をなでようと俺は手を伸ばしたけど、絢音の言葉に手が止まる。

「パパは、蒼が自分の子かもしれないって……あたしにそう言った」

「なっ……！」

何やて……？

「蒼とあたしは……兄妹かもしれないって……」

「……兄妹？」

そんな嘘みたいな話、信じられるわけないやろ。

蒼と絢音が……兄妹？

頭が混乱しとるわ。俺まで気が動転してきよった。

「そんなん嘘やろ？　そんな話、誰が信じんねん」

「ホント……信じられない……嘘みたいな本当の話」

信じられへん……そんなこと……兄妹って。

「初め聞いた時はね、絶対に別れるもんかって……そう思ったよ……？」

「そうや……別れたらあかんよ。まだ兄妹って決まったわけでもないんやろ？」

泣いとる絢音の頭をそっとなでた。

「でも、冷静に考えたら、たとえ……あたしと蒼が兄妹じゃなかったとしても、あたしたち幸せになれないと思う」

「絢音……」

絢音はうつむいたまま言った。

「もし兄妹じゃなかったとしても、蒼は、パパの不倫相手の子供になる。このまま蒼に隠して、ママに隠して……いつかバレるんじゃないかってビクビクしながら付き合っていくなんて、そんなのあたしにはできない……」

俺は何て言えばええんか、わからんかった。

「きっと……生まれる前からあたしたちの運命は決まってたの」

俺は今、おまえに何をしてやれるんやろーか。

「蒼が好きだけど……あたし別れなきゃ……」

絢音を後ろから、ギュッと抱き締めた。

俺は、こうやっておまえを抱き締めることくらいしか思いつかへん。

何もできひんけど、おまえが望むなら、望んでくれるんやったら……。

「俺は……絢音のそばにおりたいんやけど」

「遊也、ごめんね。いつも頼ってる気がする……」

「友達としてちゃうよ」

「えっ……？」

俺は絢音を抱き締める。

「俺は……おまえのこと忘れられんかった……」

俺は、絢音の体を強く抱き締める。

どこにも行けへんように……。

「おまえをあきらめたくて、好きでもない他の女と付き合ったんや。けど無理やった……」

「あの時からずっと……あたしを想ってくれてたの……？」

「おまえしか……好きになられへんみたいや……」

絢音の体を離し、絢音の涙を親指でそっと拭った。

俺たちは見つめ合う……。

【絢音side】

遊也の腕の中は、あたたかくて、力強くて。

このまま……もう、どうなってもいいとさえ思った。
「俺じゃ……あかん？」
遊也は、あたしの髪にそっと触れる。
「俺がおまえのそばにおる」
あたしは遊也の唇を、自分の唇でふさいだ。
すべての記憶を消せたら、どんなに幸せだろうか。
そっと唇を離して、遊也の目を見つめると、今度は、遊也からキスをしてくれた。
最初は、優しく触れるようなキス。
何度も何度もキスをするうちに、口の中でからみ合う舌が熱を帯びていく。
お互いの息づかいが荒くなってくると、唇を離した遊也。
「絢音……部屋行こか」
そのままあたしの体を軽々と持ち上げて、あたしを遊也の部屋にあるベッドの上にそっと寝かせた。
真っ暗な部屋、雨粒が窓に激しく当たっている。
この雨は、いつやむのだろうか……？
あたしの悲しみも涙も、この雨が流してくれればいいのに……。
遊也が、その大きな右手であたしの頬にそっと触れる。
「もう……泣かんでええよ」
遊也の優しい声が、あたしの体を動かなくした。
「……好きやで」
そう言って遊也は、あたしの首筋を下から上へと舌でなぞっていく。

もう……どうなってもいい……。

「絢音……っ」

耳元で何度も囁かれた、蒼じゃない声。

この大きな優しい手は、蒼じゃない。

この温もりも……かまれた感触も、蒼じゃない。

「ごめん、遊也……あたしやっぱり……」

好きじゃない人とはできない。

「絢音……。俺こそ……ごめん……」

あたしは、今この瞬間まで、自分だけが可哀想だって思ってた。

パパと蒼のお母さんのことを知って、パパの裏切りを知って、何も知らないママや蒼をかばうために、これからあたしは何も知らないフリをして生きてくんだって、大好きな蒼と別れなきゃいけないんだって、自分だけが被害者のように感じてた。

だけど今、あたしはパパと同じことをしてる。

最低で、目をふさぎたくなるほど汚い行為。

愛し、愛してくれる人を裏切り、愛してなどいない人に抱かれようとした。

こんなことしても、記憶なんて消せないのに。何も変わらないのに。

最低なのは、あたしだ。

あたしは、蒼を裏切ったんだ……。

ふと目を覚ますと、まだ部屋は真っ暗だった。

まだ夜なんだということを知る。

隣で遊也が、寝息を立てている。

蒼を裏切って……遊也とキスして、その先の行為までしようとした。

汚くて、最低なあたし。

でも、これでよかったんだ。

あたしと蒼はもう、サヨナラするのだから。

軽蔑され、嫌われればいい。

あんなに強く降っていた雨の音が聞こえない。

あたしは、カーテンを少し開け、窓の外を見つめた。

いつのまにか雲が切れた夜空には、ふたつ星が輝く。

「蒼……ごめんね」

こうするしかなかったと言い訳するバカなあたしを。

憎んで。

「……ぅぅ……っ……」

遊也が目を覚まさないように、声を殺して。

朝まで泣いた。

どれくらいの涙を流したんだろう。

窓の外が白く明るくなったのを見て、あたしはいつの間にか、ベッドにもたれかかったまま、眠っていたことに気づく。

「……絢音」

遊也の声で、あたしは目を覚ます。

「何でベッドの下におるんや？」

「何か、落ちちゃったみたい」

遊也は、毛布にくるまったあたしの体を持ち上げて、ベッドの上にそっと寝かせた。

その時、玄関のドアが開いた音が聞こえ、あたしは動けなくなる。

――ガチャ……キィ……。

それからすぐに、部屋のドアが開いた。

「……何してんの……おまえら……」

「ケンちゃん……どうして……？」

部屋のドアのところに立っていたのは、ケンちゃんだった。

「おまえら……」

ケンちゃんは、軽蔑したような冷めた目で、あたしたちを見つめた。

――バタンッ!!

ケンちゃんは勢いよく、部屋のドアを閉めた。

「こんな朝から何で来んねん」

遊也は、自分の金色の髪をぐしゃぐしゃとかき回した。

「ごめんね……」

「何でおまえが謝んねん……カギかけ忘れとったわ」

わかってたのに。

こうなる覚悟で、あたしは裏切ったのに。

何でこんなに胸が痛むの……。

あたしと遊也は、ソファに座って待っていたケンちゃんの前に腰を下ろした。

ケンちゃんは、かなりいら立っている様子で、足を小刻みに揺らしている。当然だ。
「俺、絢音っちが、こんなことする女だって思わなかった」
「ケン、おまえには……」
「遊也は、とりあえず黙ってろよっ！」
　ケンちゃんは、遊也をにらみつけた。
「最低だな、絢音っち」
　朝からあんな場面を見たら、ケンちゃんが誤解するのも無理はない。
　蒼を裏切ったことに変わりない。
　言い訳なんかできない。
「ケンちゃん、ごめんね。あたし……蒼とは別れる……」
「結局、そういうことかよ」
　ケンちゃんは、呆れたように鼻で笑った。
「それよりケン……こんな朝早く何でうちに来たんや？」
　遊也が聞くと、ケンちゃんは目を合わせずに答えた。
「昨日、おまえに電話した後、瑠奈が美々の家に泣きながら来たんだよ」
　あたしと遊也は、顔を見合わせる。
「俺と美々でずっと瑠奈の話聞いててさ……さっき瑠奈を家に送って、そのままここ来たんだ」
　瑠奈……ごめんね。
　あたしのせいだ……。
「瑠奈とは終わったんや」
「……瑠奈から聞いたよ。遊也が絢音っち連れてきて、追い出されたって。おまえら電話してもつながんねぇから、家きてみたら鍵も開いてたし……そしたら……」

ケンちゃんは、拳を握り締め、床を思いきり殴った。

「遊也さ、前に俺に、“絢音は蒼と幸せでいてほしい”ってそう言ったよな？　あれ嘘だったのかよ？」

「……状況が変わったんや」

「何がだよっ!?　こんなことして最低だよ、おまえ！　蒼は友達だろーが！」

「ケンちゃん、遊也を責めないで。あたしが全部悪いの」

「そうやって絢音っちはいつも、イイ子ぶって……自分が悪いって言って、悲劇のヒロインぶって、周りの人間を傷つけて振り回してるだけだろーが！」

「ケン！　いくらおまえでも、今言ったことは許せへん！絢音に謝りーや」

「遊也……そのとおりだから。もうやめて……」

ケンちゃんに言われたこと、当たってる。

あたしは本当、最低だ。

ケンちゃんは、遊也の頬を思いきり殴りつけた。

——ガシッ！

「よくも蒼を裏切るようなことっ」

「やめてっ！　ケンちゃん！　遊也は何も悪くないっ！　だから……だから遊也をもう殴らないで……」

あたしは必死にケンちゃんの足にしがみついた。

「蒼は大事な友達や。せやけど、俺かて、どーしたらええかわからんねんっ！」

遊也の目には、涙があふれていた。

「絢音が好きなんや……。初めてなんや……こんなにひとりの女のこと、好きになったんは……」

遊也……ごめんね。

あたしは、いちばん頼ってはいけない人に頼ってしまったんだね。

遊也を、罪に巻き込んでしまった。

あたしは、許されない罪を犯した。

「殴って気が済むんやったら、好きなだけ殴れや……」

「遊也っ！　テメェってヤツは……！」

——ガシッ……！

「ケンちゃんっ！　お願い。もうやめてぇ……」

あたしは、倒れ込んだ遊也の体の上におおいかぶさった。

「絢音……どけや……」

「遊也、口から血が出てるよ？」

「俺が悪いんや……おまえのことあきらめられへんのやから」

遊也は、あたしの髪をぐしゃぐしゃっとなでて微笑んだ。

「絢音っち……ホントに蒼と別れる気なのかよ？」

「ケンちゃん……ごめんね」

「何でだよっ！　距離離れたぐらいで、ダメになんじゃねぇよ！」

「……違うの」

「淋しいとかはさ……お互いそうだろ？　それくらい耐えろよ」

「ケンちゃん、違うの」

「何が違うんだよ。あのな、蒼には言うなって言われてたけど……」

ケンちゃんから、あたしの知らない蒼の現状を知らされることになるとは思わなかった。

「今、蒼のやつほとんど寝ないで、おふくろさんの看病(かんびょう)してるらしいんだ」

今いちばん思い出したくない人だった。蒼のお母さん……。

「パニック障害っていう病気だって診断されたらしくて。発作が起きたり、気持ちが不安定みたいなんだ」

心の病気……？　何で……？

「蒼だってきっと、辛いはずなんだ。心配させたくないから、絢音っちには言うなって……」

蒼の様子がいつもと違うこと気付いていたのに。

ごめんね……蒼。

辛かったよね。おじさんは忙しい人だから、蒼ひとりでムリしてたんでしょ……？

蒼……あたしに何もできなくても……それでも言ってほしかったよ。

「だからこんな時に、別れるなんて言うなよ。アイツには絢音っちしかいないんだ」

「ケンちゃん……あたしにできることなんて、何もない」

「絢音っち、それ本気で言ってんのか？」

あたしは、小さくうなずいた。

「なっ！　見損(みそこ)なったよ！　もう、みんな勝手にしろ！」

ケンちゃんは、乱暴にドアを閉めて帰っていった。

「絢音……大丈夫か？」

遊也が、あたしの手を握る。

「遊也……あたしもう……どうしたらいいか、わかんなくなっちゃった……」

「蒼の状況知ったら、そらそうやろ」

「ごめんね、遊也」

それだけじゃない。

遊也にだけは、甘えちゃいけなかった。

この人を悪者にしちゃいけない。

「俺は蒼がずっと、うらやましかったんや」

遊也は、あたしの手を引き寄せ、抱き締める。

「俺は最低だって言われてもええ。おまえがおったら……」

「……ごめんね」

あたしは遊也の体を、そっと離した。

あたしは、遊也の家を後にした。

“ごめんね”

その言葉だけで、あたしの気持ちをわかってくれた遊也。

昨日の雨が嘘のような、白い朝焼けが空に広がっていた。

「何やってんだろ……あたし……」

その場にうずくまり、昨日の出来事を思い出していた。

愛する人を裏切って、大切な友達まで裏切った。

あたしのせいで、みんながバラバラになっていく。

結局、自分の弱さのせいだ。

あたしは同じ。あの汚い大人たちと同じ。

自分を守るために、他人を犠牲にする。

そんな汚い大人と同じなんだ。

誰も傷つかない愛を、本当の愛と呼ぶならば。

この世に、本当の愛なんてあるの……？

蒼と話そうと思い、あたしは鞄からケータイを取り出した。

ケータイの画面に映し出された蒼の電話番号を見つめ、なかなか通話ボタンを押すことができなかった。

深く息を吸って、電話を掛けた。

呼び出し音が続き、勢いで電話してしまったことに後悔する。

出ないうちに切ろうと思った瞬間、蒼の声が聞こえた。

『絢音？』

変わらない……蒼の優しい声。

「……蒼」

『どした？　そっち、まだ朝早いだろ？』

「……うん」

泣きそうになり、言葉につまる。

『絢音……？　何か、あったのか？』

「あたしたち……」

ごめんね……。

『絢音？』

「あたしたち……別れよ……」

あたしも、頭の中ぐちゃぐちゃで、どうしたらいいかわからない。

蒼を裏切ったの。大切な友達も傷つけた。

　お母さんのことで大変な蒼に、これ以上苦しい思いさせたくない。
　お互いのことを思ったら、別れるべきなんだと思うから。
『何があった？』
　別れようと言ったあたしの言葉に対して、蒼の態度はすごく冷静だった。
「……何もないよ。もう遠距離とか疲れちゃった。逢いたい時に逢えないし」
『何でそんな嘘つくんだ？』
「嘘なんてついてないよ。そばにいてほしい時に、彼氏がいないのは、淋しいよ」
　ダメだ……声が震える。
　ケータイを持つ手さえも震えてる。
『何かあったんだろ？　そばにいてやれなくて、ごめんな』
　蒼の優しすぎる言葉に、あたしは自分が憎くてたまらなくなる。
『おまえが、俺のこと嫌いになるわけねぇもん』
　蒼は、あたしの心を見透かした。
『前に言ってたよな。絢音は、俺がいないとダメなんだろ？俺だって同じだよ』
　そうだよ……蒼じゃなきゃダメだよ。
『だから、簡単に別れるとか言うな』
　あたしは蒼が好きだよ。でも……取り返しのつかない罪をあたしは……。
「お願いだから……別れて……」

『別れたい理由は、言わないのか？』

言えない。

『何も言わねぇのか？』

今……声を出したら、泣いてるのがバレちゃう。

『何があった？　ゆっくりでいいから、話してみろよ』

自分だって、お母さんの看病で辛いはずなのに。

あたしに優しく言うくせに、蒼はあたしに何も言わないんだね。

『絢音……どうしたんだ？』

「理由は言えない」

『そんなんで、はい、別れますって、俺が言うとでも思ってんのか？』

「でもね、あたしたち別れなきゃいけないの」

『別れなきゃいけない？……っていうことは、絢音の意志で別れたいわけじゃないんだな』

「ごめんね……蒼。あたしを想ってくれるなら、理由は聞かないで」

『おまえ……もしかして知ったのか？』

えっ……？

蒼から思いがけない言葉が返ってきた。

「……何を？」

あたしは何も知らないフリをして答えるけど、一瞬、動揺した。

蒼は何かをあたしに隠してた。

まさか蒼は、パパたちの不倫のこと知ってたの？

『いや、いい。何でもない』

　蒼が知ってたとしたら、どうやって知る……？

　知るはずない。

　きっと他のことに違いない。

「蒼……？」

『もしかして、俺たちの親のことか？』

「蒼……知ってたの？　どうして……」

『やっぱり、そのことか……』

　蒼はあたしより前に知ってたの……？　そんな……。

「どぉして……？　いつから……ぅぅ……ひっく……」

　知ってて……何で……。

　ひとりで苦しみを抱えていたのね。

　こらえていた涙が一気にあふれ出した。

『俺も知ったのは、最近だった。母ちゃんがおかしくなってから、寝言で絢音の父ちゃんの名前呼ぶし、まさかとは思ったけど。母ちゃんのケータイを勝手に見ちゃったんだ』

「パパは過去のことだって、あたしにそう言ったけど、おばさんはまだ……」

『絢音が知ったのはいつだ……？』

「昨日の夜……パパに蒼と付き合ってることがバレて、別れろって言われて、その後に知った……」

『辛かっただろ……？　俺も知った時、すげぇショックだった。どうしたらいいかわかんなかった。ごめんな……こんな時に、そばにいてやれなくて……』

　蒼……胸が痛いよ。涙が止まらない……。

　どうしてあたしは、いつも間違えるんだろう。
「別れるしかないよ、あたしたち……」
『絢音……気持ちはわかるけど、親のせいで俺らが別れるなんて耐えらんねぇよ』
「あたしだって、最初はそう思った。けど……」
　だけど……。
「あたしたち、兄妹かもしれないんだよ……？」
『……はっ？　おまえ……何言って……』
　もしかして……それは知らなかった？
　あたし、何てことを……。
『俺が……絢音の父ちゃんの子……？』
　蒼は、パパと蒼のお母さんの関係は知っていたけど、それ以上のことは知らなかったんだ。
「あたしたち……愛し合っちゃいけなかったんだよ」
　幼なじみとして出逢ったけど、あたしたち、血のつながった兄妹かもしれないんだから。
『それ、確かか……？』
「わからないけど、パパは、そうかもしれないって言ったよ」
『母ちゃんが、絢音の父ちゃんの気を引きたくて、嘘ついたのかもしんないだろ……？』
「そんな大事なこと、嘘つく？」
『絢音には心配させたくなくて、話してなかったんだけどさ。母ちゃんの具合、こっちに来てから思った以上に悪くてさ……今、病気の治療中なんだ』
　ケンちゃんから聞いたとは、言えなかった。

「母ちゃん今、本当に不安定でさ。母ちゃんがよくなったら、俺らが絶対に兄妹じゃないこと聞き出して、証明してみせるから。だから……』
「もう……遅いの……」
『どうして……？』
「別れるって言ったのは、それだけが理由じゃないの」
『話してみろよ？』
「……あたしを軽蔑するよ？」
『絢音、俺は、何があっても、おまえを愛してるよ』
　どうして……どうして強くなれなかったんだろう……？
　こんなに蒼が好きなのに。
　逃げることが蒼への愛だと、蒼とあたしの大切な人たちを守るにはこうするべきなんだって、言い訳を探してみても。
　何もかもが間違いだった。弱いあたしのせいだ。
「あたし……蒼を裏切った……」
『裏切ったって何が？』
「蒼じゃない別の人と……あたしキスしたの……」
　許されない裏切りをして、約束を踏みにじって。
　あたしは蒼に嫌われようとした。
「裏切ったりして……ごめんなさい……」
　どんなあたしでも、愛してると言ってくれた蒼。
　今はただ……申し訳なさと、後悔と虚(むな)しさだけが残っていた。
　蒼から離れられるわけないってことに、今さら気付いたって遅すぎる。

『……誰だ？』

顔が見えなくても、声だけでわかる。

今、蒼がどんな顔をしてるか。

傷つけて、悲しませて、許されるわけない過ち。

「あたしが全部悪いの。だから……」

『誰だって聞いてんだよっ!?』

蒼は怒っているんじゃない。

蒼は傷ついたんだ。

深く深く、癒えない傷を……あたしは与えてしまったね。

「ごめんね……」

『言えないってことは……誰だかわかったよ。俺……どっちのことも信じてたのに……』

相手が遊也だって、蒼は気づいたんだ。

「後悔しか残ってない。蒼も友達も裏切って……あたしは何でいつも間違えるんだろうって……ごめんなさい」

いくら泣いたって、謝ったって、蒼の悲しみは消えるわけないのに。

「許して……」

どうして……こんなこと言えるんだろう。

自分が憎くて、汚くて、嫌い。

死ぬまでずっと、綺麗な心で、蒼を愛したかった。

『ごめん、絢音』

「……ぅぅ……っく……蒼……」

『絶対に連絡するから……』

蒼……それって、どういう意味？

『俺から絶対に連絡するから。けど今は……少し俺たち距離を置いた方がいいと思う』

心のどこかで、一瞬、蒼に期待した。

蒼ならもしかしたら、許してくれるんじゃないかって。

そんなわけないのに。

誰だって許せるわけないのに。

「蒼……ごめんなさい。だから……」

『俺たちが兄妹じゃないことを信じてる。おまえへの気持ちは変わんねぇから』

「蒼っ！　距離置くってどれくらい……？　ごめん、本当にごめんね」

『俺から、絶対に連絡するよ』

「蒼？　蒼……っ！」

電話は切れた。

距離を置く期間を、蒼は言わなかった。

確かに、あたしたちには時間が必要だと思った。

このまま一緒にいるには、あまりにも苦しすぎる。

距離を置いても、蒼の気持ちはもうあたしに戻らないかもしれない。

でも、それはもう仕方のないこと。

裏切りは、決して許されることのない罪なのだから——。

下巻に続く

この作品は2011年９月弊社より
単行本として刊行されたものを文庫化したものです。
この物語はフィクションです。
実在の人物、団体等とは一切関係がありません。

白いゆき先生への
ファンレターのあて先

〒104-0031
東京都中央区京橋1-3-1
八重洲口大栄ビル7F
スターツ出版（株）書籍編集部 気付
白いゆき先生

幼なじみ 上 ~first love~

2016年1月25日　初版第1刷発行

著　者　白いゆき
　　　　

発行人　松島滋

デザイン　カバー　齋藤知恵子
　　　　　フォーマット　黒門ビリー&フラミンゴスタジオ

DTP　株式会社エストール

編　集　相川有希子

発行所　スターツ出版株式会社
　　　　〒104-0031 東京都中央区京橋1-3-1　八重洲口大栄ビル7F
　　　　TEL 販売部03-6202-0386 (ご注文等に関するお問い合わせ)
　　　　http://starts-pub.jp/

印刷所　共同印刷株式会社

Printed in Japan

ISBN 978-4-8137-0051-7　C0193